Melikyan · Damals, und ein Koffer

Krikor A. Melikyan

Damals, und ein Koffer

und andere Erzählungen
Mit Zeichnungen
von Ingrid A. Schmidt

Das Arsenal

Die Federzeichnungen von Ingrid A. Schmidt entstanden 2005
für das vorliegende Buch

ISBN 3 931109402

Inhalt

Damals, und ein Koffer

Selim Dhomet kam, der Araber aus Berlin-Dahlem. Er kam überraschend, allein mit einem gelben Koffer. An diesen Koffer entsinne ich mich besonders.

»Guten Tag«, sagte Selim und setzte den Koffer ab, so, als ob er bleiben würde. Endgültig.

Selim und mein Vater Krikor umarmten sich. Es war eine kleine Feier. Sie hielten sich fest, lange, stumm. So haben sie sich wohl auch früher im Waisenhaus festgehalten, im deutschen Waisenhaus in Jerusalem. Das war ziemlich lange her. Und mir schien, als die Atemlosigkeit überwunden war, daß sie ihr Gespräch dort wieder fortführten, wo sie es einmal unterbrochen hatten. Sie fingen da wieder an, wo sie in Jerusalem aufgehört hatten. Dann lehnten sie die Köpfe aneinander. Lachten und schluchzten, ich konnte es nicht genau unterscheiden. Ich starrte den Koffer an und hörte, wie sie sich arabisch unterhielten. Jerusalem, das sie nicht hören konnte, war nun nicht mehr türkisch, wie damals, als sie eingeliefert wurden. Aber das Waisenhaus, das seine beiden Zöglinge nach Deutschland geschickt hatte, war noch deutsch. Obwohl es Syrisches Waisenhaus hieß und nicht in Syrien lag, sondern eben in Jerusalem. Wo man sie nach Luthers Bibel prägte. Selim Dhomet hatte Musik studiert. Er war Kapellmeister geworden in Berlin. Er liebte Berlin, die deutschen Orchester. Deutschlands Wälder liebte er, die Ostseeküste, das deutsche Militär wegen der Märsche. Da mochte er sich wohl von meinem Vater Krikor unterscheiden. Aber sonst? Sie liebten die Kinder in Deutschland, die keine Waisenhauskinder waren. Die alle ein Elternhaus hatten und fröhliche Lieder sangen, Lieder von der Treue, vom traumschönen Vaterland, von klingenden Fanfaren.

Selim Dhomet, der arabische Kapellmeister aus Berlin, hatte ein Haus in Dahlem. Das liebte er natürlich auch. Da stand sein geliebter Konzertflügel, da thronten die Köpfe der Klassiker, da blickte man in einen geordneten Garten. Selim Dhomet liebte das Reich der Deutschen, das neue Reich von der Maas bis an die Memel. Selim Dhomet war seinem Naturell nach Enthusiast. Für das deutsche Kulturgut. Aber dafür wies man ihn aus. Die neue Regierung hatte beschlossen, ihn auszuweisen. Selim war Semit. Alle Araber sind Semiten oder Hamiten, jedenfalls keine Arier. Selim war nicht erwünscht. Er konnte es nicht begreifen. Dabei liebte er aufrichtig, hingebungsvoll, wie arabische Waisenkinder lieben können.
»Gehst du mit, Krikor?« fragte er meinen Vater.
»Nein, ich bleibe«, sagte der leise. »Verzeih, wenn ich dich enttäusche. Wir Armenier können bleiben. Wir sind auch nicht erwünscht, aber wir können bleiben. Also bleibe ich, Selim.«
So sagte mein Vater. Sein schmales Lächeln erlosch. Ich starrte auf den Koffer, er schien größer geworden zu sein, angeschwollen.
»Ich habe Doktor Artasches Abeghian in Berlin gesprochen, in seiner Wohnung in der Dahlmannstraße in Charlottenburg. Er läßt dich grüßen«, sagte Selim.
»Was tut er?« fragte mein Vater.
»Er bleibt«, sagte Selim traurig. »Er ist wie du.«
»Er ist Armenier«, sagte mein Vater. »Wir sind nicht besonders gelitten, aber wir dürfen bleiben. Noch. Wir sind froh, wenn wir irgendwo bleiben dürfen.«
»Keiner von meinen Freunden geht mit. Keiner von denen, die ich liebe«, sagte Selim und senkte den Kopf. »Und außer dir habe ich niemanden, Krikor. Niemanden mehr.«
Die Stille brach ein. Eine gelbe Stille mit Ledergeruch.

»Wir werden uns trennen müssen und uns nicht wiedersehen«, antwortete mein Vater fast lautlos. »Hitler hat Röhm umgebracht. Er wird alle umbringen. Es gibt Krieg. Sei froh, daß du gehen kannst!«

»Hitler wird den Krieg gewinnen«, sagte Selim fest.

»Bestimmt«, sagte mein Vater weich. »Dann kommst du wieder. Aber wir sind nicht mehr.«

Selim schwieg. Er räusperte sich. Der Koffer roch nach Abschied. Ich betrachtete ihn jetzt beklommen.

»Setz dich«, sagte mein Vater. Selim blieb stehen. Ich spürte die Angst. Sie kroch aus dem Koffer.

»Geh nach Berlin«, sagte Selim unvermittelt. »Wohne in meinem Haus. Es steht leer. Hüte es für mich. Es gehört dir.«

Mein Vater nickte, ausdruckslos. »Ich bleibe in Herford«, sagte er. »Herford ist klein und unscheinbar. Hier vermutet mich keiner. Die Araber gehen nach Berlin. Ich bleibe in Herford. Einmal muß man irgendwo die Reise beenden. Zufällig ist das hier.«

»Ausgerechnet«, sagte Selim. »Und was wird aus meinem Haus? Beute der Raben?« Mein Vater zuckte mit den Schultern. Dann schwiegen sie wieder, auf arabisch.

»Ich habe ziemlich viele Bekannte hier, verstehst du, lauter Herforder. Keine Armenier, aber fleißige Leute.«

Selim Dhomet schwieg.

»Sie können sich meinen Namen nicht merken«, fuhr mein Vater fort. »Sie sagen Triko zu mir, alle. Es ist rührend. Ich lasse es dabei. Schließlich gehe ich mit ihnen in die Kirche, singe mit ihnen.«

»Es kann dir helfen«, meinte Selim. »Es hilft dir vielleicht, und sie können nichts dafür.«

»Kannst du dafür, daß du Araber bist?«

»Singst du nur mit ihnen oder arbeitet ihr auch zusammen?« fragte Selim. »Wie heißt euer armenisches Sprichwort: Gott achtet mich, wenn ich arbeite, aber er liebt mich, wenn ich singe.« Mein Vater Krikor nahm eine Fluse vom dunklen Anzug Selims, ganz vorsichtig, fast zärtlich.
»Ich helfe ihnen, besonders im Sommer. Dann ist es für sie zu heiß. So kann ich etwas für sie tun. Und sie lassen es zu, lassen mich zu sich. Es ist hier nicht wie in Berlin, aber in Berlin ist es auch nicht so heiß, denke ich.«
Sie schwiegen nach dieser langen Erklärung, jetzt wohl auf armenisch.
»Weißt du noch?« seufzte Selim.
»Alles«, sagte mein Vater.
Und ich glaubte zu spüren, wie sie miteinander untergehakt durch den Abend streiften. Durch einen fernen Garten, den Waisenhausgarten, der abends nach Datteln schmeckte und nach reifen Granatäpfeln und Aprikosen. Die sie aber bei Strafe nicht essen durften, so streng war die Hausordnung. Aber den Geruch, den durften sie kosten.
»Warum wollen mich die Deutschen nicht?« sinnierte Selim. »Ich habe ein Haus in der Nähe vom Wannsee.«
»Hitler will dich nicht«, sagte mein Vater. »Dein Haus gehört nach seiner Ansicht den Deutschen und nicht dir Zugedeutschtem. Das Haus meines Vaters stand am Vansee, und die Türken kassierten es als ihr Eigentum. Armenisches Eigentum galt als Anmaßung. So ist das mit Recht und Stärke.«
»Ich wünschte, ich wäre ein Deutscher!«
»Ich weiß nicht«, sagte mein Vater. »So gefällst du mir besser. Ich möchte kein Türke sein, auch wenn ich dir dann vielleicht besser gefiele.«

»Aber die Deutschen werden die Welt verändern«, beteuerte Selim.
»Uns nicht, bestimmt nicht. Meine Frau nicht, nicht meinen Sohn, meine Tochter nicht«, erwiderte mein Vater.
»Geh nach Berlin, Krikor«, sagte Selim versonnen, »du wirst es glauben. Die Veränderung dort ist weltbewegend. Glaub es mir!«
»Unseren Glauben werden sie nicht ändern«, sagte mein Vater trotzig. »Für unseren Glauben gibt es keinen Ersatz. Haus und Hof kann man stehlen, Glaube ist das andere. Und glaub nicht, daß der, der da zuletzt zu lachen glaubt, seiner Sache wirklich froh wird. Freude, echte, ist eine Angelegenheit des wahren Glaubens.«
Mein Vater schneuzte sich. Das hatte ihn angestrengt. Selim setzte sich wie ermattet auf seinen Koffer. Nach einer Weile sagte mein Vater: »Spiel ein bißchen Klavier, Selim!«
Sie gingen ins Wohnzimmer. Ich dachte, jetzt hat Selim leichtes Spiel. Mein Vater schickte mich fort. Es wurde kritisch.
Ich ging zu meiner Mutter. Sie hatte meine Schwester zu Bett gebracht. Wir klammerten uns aneinander, wortlos.
Und dann hörten wir sie musizieren. Vater strich die alte Geige. Er spielte gegen das Klavier. Es war ein Ringkampf mit musischem Werkzeug. Wie lange würde er das durchhalten?
Aber er gab nicht nach. Die schrillen Töne schmerzten, und wir hatten Sorge, daß die Nachbarn gegen die Wände klopfen könnten, wie es so üblich war in Herford, wenn man Ruhe forderte.
Dann brach die Musik ab. Man vernahm ihre erregten Stimmen. Jetzt, gerade jetzt, sollte ich zu Bett. Ich weigerte mich. Meine kleine Schwester Elmon schlief schon längst, ich verachtete sie deswegen – wie konnte man jetzt schlafen. Und ich wußte, daß auch meine Mutter Angst hatte. Eben diese unaussprechliche

Angst, von der die fest schlafende Elmon nichts ahnte. Angst mit gelben Augen, es war furchtbar.
Auf einmal haßte ich sie. Und auch Selim Dhomet mit seinem Klavierspiel und seinem gelben Koffer auf dem Flur. Haßte ihn, weil er gekommen war, um meinen Vater auf eine so merkwürdige Art zu entführen. Mit diesem gemeinen Manöver an unserem Klavier. So sind Araber, dachte ich verbittert, kein Wunder, daß sie aus Berlin verschwinden müssen. Ich haßte auch den Zug, der Selim gebracht hatte und mit derselben Gleichgültigkeit womöglich mit uns allen weiterfahren würde. Haßte die Bahnhöfe mit Menschen und Koffern. Haßte die Bahnsteige mit den schiefen Winden aus Rauch und Maschinenschweiß.
Wir schreckten hoch. Eine Tür schlug zu. Atemlose Stille. Endlos. Endlich.

Selim Dhomet ging, ging ohne Abschied von uns übrigen, ging allein in die Nacht, mit dem gelben Ungetüm von Koffer. Einsamer Selim.
Er ging durch eine verschlafene Stadt. Durch eine übertrieben nüchterne Kleinstadt. Sie roch wie immer nach Keks und gesteiften Oberhemden. Und sie beherbergte Eingeborene, deren Treue zur heimatlichen Gemütlichkeit an Genickstarre grenzte. Ihre Tugend hieß Bequemlichkeit. Das machte sie anfällig.
Jetzt ging ein Fremder durch die Nacht und suchte den Bahnhof. Suchte seine Fassung.
Zurück blieb ein Freund, den die Veränderung lähmte. Und den auch die gewisse Behäbigkeit der Umgebung täuschte, die er in seiner Unsicherheit verklärte zum Gefühl einer fast familiären Gemeinschaft. Aber die Trennung sickerte schmerzlich ins Bewußtsein.

»Wie war mein Arabisch?« fragte mein Vater am nächsten Morgen forsch auf armenisch.
»Wie bei einem waschechten Berliner«, rief ich vom Bad her auf deutsch zurück.
Wir hatten uns verstanden, über Nacht. Und wir waren auf alles vorbereitet. Das war Selims Gastgeschenk, seine Mission.
Mutter holte heimlich die Koffer heraus. Sie standen stumm in den Ecken, unauffällig und griffbereit. Dennoch ignorierten wir sie, so, als gäbe es sie nicht. Das hat uns geholfen. Vielleicht aber auch die täglichen Tischgebete. Sie wurden länger, inniger. Nur die alte Fröhlichkeit stellte sich nicht mehr ein, außer bei meiner Schwester, die zum Glück keine Ahnung hatte, und wir sorgten dafür, daß sie nichts merkte. Auch das gelang uns. Als der Herbst kam, zogen wir um. Aufs Land, nach Steinhagen, ein Dorf mit

einer Kirche, einer Schule und einem Briefkasten. Ringsum Buchenwald.

Dort glaubten wir geborgener zu sein. Fühlten uns freier. Heute würde ich sagen, wir unternahmen den Versuch abzutauchen. Vorläufig jedenfalls.

Es war bitterkalt geworden. Der Winter selbst fror. Hüllte sich in graue Windeln. Suchte Schutz hinter rissigen Fassaden. Über Dächern erstarrte der bleierne Himmel. Wind aus Ruinen wie fader Schwefel. Rauch vermengt mit Ruß wirbelte mit wenigen Schneeflocken vereint aufs Trottoir. Die Stadt kauerte in Fensterhöhlen. Es war für die öffentlichen Damen keine Zeit der Gnade. Die Straßen erstarben früh. An Kreuzungen Knäuel von Autobussen und Taxis. Die Insel Westberlin wurde langsam zur Eisscholle.
Anfang November war ich aus der Schweiz kommend angelandet. Mitten in einer Serie von erträglichen Spätherbsttagen. Nun trieb mich ein gemeiner Gegenwind durch das fahle Kreuzberg. Ziemlich planlos. Vorbei an sogenannten Sichtblenden, den Monumenten der Einsichtslosigkeit. Über den leeren Mariannenplatz voll trister Taubenkolonnen. Dann wieder der antifaschistische Friedenswall. Feindlicher Beton. Wie hatte ein hoher Bonze auf der anderen Seite der Stadt die Situation formuliert: »Wer auf einer Insel wohnt, soll sich das Meer nicht zum Feinde machen.«

Das war wie eine Abwerbung. Mich hatte das nicht erreicht. Ich war auf der Suche, auf der Flucht vor dem Gedanken einer Rückreise. Ich redete mir ein, Berlin brauchte mich, Kreuzberg hätte auf mich gewartet. So machte ich mich mit eigenen Sprüchen stark, während ich tagsüber stundenweise bei Kleinunternehmern arbeitete. Als Tagelöhner, vornehmlich als Kohlenträger. Ich lernte Keller kennen. Die Unterwelt. Treppen ohne Ende abwärts. Gänge, in denen man das Gruseln bekam, an Eingemauertsein glaubte, sich vor Einsturz fürchtete. Bald aber fand ich, wie zur besonderen Belohnung, einen Freund. Einen Freund mit einer winzigen Wohnung. Heizbar. Luckauer-/Ecke Sebastianstraße. Eine zugige Schneise. Eine Art Endpunkt. Eigentlich immer lag hier nachmittags zudringlicher Nebel zwischen den Häuserfronten, wie ein mißvergnügter Beischläfer. Fußgänger wurden von diesem Zwielicht verschluckt, geräuschlos. Die Damen vom Strich mieden das Konglomerat aus trostlosen Bordsteinen, zersprungenen Fensterscheiben und verbogenem Metall. Man spürte noch so etwas wie offene Feindschaft, Kriegsatmosphäre, Notwehr, Notdurft.

Und man duckte sich hier unwillkürlich vor dem fadenscheinigen Ostwind, wenn man in die erbarmungslose Kälte eintauchte, auch wenn er nicht wehte. Die Kälte biß zu. Sie kam klirrend schräg von oben auf einen zu, staute sich in den Ärmeln, schlug Zähne wie kleine Geschosse in die Schultern, hockte rabenartig, den Schnabel wetzend, im Nacken. Die Kälte hatte viele Töchter. Berlin im Griff einer Übermacht, dachte ich. Und ich sagte mir: das ist eben die Wirklichkeit des Kalten Krieges. Ich war hungrig nach Wärme, nach Hoffnung, Zuversicht, Zuspruch. Und ich fühlte mich wie Treibgut im Eiskanal zwischen Ost und West. Alle Träume trugen das Antlitz eines Riesen. Eines riesigen Eisbergs.

In Altenheimen starben Menschen an Unterkühlung.

Abends, wenn nicht in der Kneipe, der Zuflucht Süchtiger, saß man verkrümmt im kargen Wohnzimmer. Das Mobiliar Sperrmüll. Nebenan der Schlafraum klamm. Richtig hell wurde es nie in diesen Räumen. Eisblumen an den Fenstern tauten nicht. Ihre filigranen Gardinen aber regten uns zu Dialogen an. Hans, mein Freund, tauchte ein in ihre Wunderwelt. Er hielt zeitweilig druckreife Monologe. Ich lauschte ihm und drehte dann das

krächzende Radio ab. Wir lehnten uns mit dem Rücken oder mit dem Bauch an den schwachwärmenden Kachelofen, das Relikt aus Jugendstilzeiten, romantisches Prunkstück. Hinter unseren geschlossenen Lidern glitten wir in einen zeitlosen Sommer, entdeckten Weiten von exotischer Schönheit.
Das war nicht ungefährlich, wir wußten das. Aber dieser Zustand beschrieb genau den Standort. Unsere extreme Position. Wir wohnten Parterre. Gegenüber uns Grenzgängern, durch die vereisten Scheiben schwach wahrnehmbar, die Mauer. Nur noch der halbe Bürgersteig gehörte uns. Der andere, im Schatten der berlinischen Variante des chinesischen Originals, war bereits fremdes Territorium, Ausland. Und dahinter Schweigen, Schnee, Todesstreifen, Niemandsland. Ein Wachtturm mit scheinbar blinden Augen, von denen wir wußten, daß sie permanent kontrollierten. Wir schliefen ein. Stehend am Kachelofen. Schreckten hoch.
Weckten uns Schüsse? Gellende Pfiffe? Wir lachten wie unter Schmerzen. Tranken dann, rauchten, spielten Karten, spielten verrückt, um normal zu bleiben. Jemand klopfte ans Fenster. Wir hielten den Atem an. Jemand ging vorbei? Halluzinationen?! Die Bogenlampen der Grenzbefestigung, wie sie es drüben auch nannten, warfen unheimliche Schlagschatten. Sie tanzten vor den Scheiben. Wir löschten das Licht. War doch jemand herübergekommen? Letzte Klopfzeichen? Reale Gespenster?
Dann wieder der Lärm der monotonen Stille. Öde.
In Altenheimen, beiderseits der Mauer, starben Menschen an Unterkühlung.
Ausbrechen! Überlaufen?! Wir faselten von Fernheizung als politischer Inkarnation der Humanität. So wuchs die unterschwellige Aggression. Eine Art gleichschenkliges Dreieck: Berlin, Kreuzberg, Kalvarienberg. Zum Abbau dieses zersetzenden,

kalten, inneren Fiebers gingen wir, anfechtbar, in die Nacht des Novembers. Stiegen über Mauern von Hinterhöfen, stahlen Kohlen aus Senatsbeständen. Darauf stand Gefängnis. Aber wir standen unter Einfluß. Unter einem Zwang. Und solche Betätigung entzerrte unsere Gefühle, wirkte wie ein Ventil, stärkte wieder unseren Selbstwert. Ließ den Widerstand wachsen, vorübergehend. Und stetig sich auffüllend, besitzergreifend, entstand in mir ein neues Bewußtsein. Nicht Trotz, nicht tierische Verteidigung einer bedrohten Existenz, kein planloses Auflehnen gegen Autoritäres: ich wußte, ich würde bleiben. *Ubi bene, ibi patria* – aber unpatriotisch. Und: was mich nicht umbringt, macht mich stärker. Für mich standen über dem Stadtteil Kreuzberg Sterne, die Sterne meiner Heimat. Ihre Strahlung glaubte ich zu spüren wie eine Botschaft. Mich bezwang die behutsame Nähe einer – oder ihrer – behütenden Melancholie. Sie stimmte mich ein. Machte mich zu einem mitklingenden, mitschwingenden, wohltemperierten Instrument. Machte mich gläubig, vielleicht auch hörig. Diese Melancholie barg eine optimistische, zugleich zweifelnde Poesie. Und Hans, der neben mir fror, schlief, keuchte, malte, kochte, erklärte: »Mich haben sie freigekauft, dich haben sie eingekauft!«

Wir konnten sogar wieder einmal lachen. Ich beantwortete seinen Satz mit künstlichem Schweizer Dialekt. Hans, der Dialektiker, erwiderte meine Rede auf sächsisch, Originalton. »Eine Frau von heute«, sagte er, »ist morgen eine Frau von gestern. Gott erhalte Ulbricht – aber möglichst rasch.«

Mir wurde der Zusammenhang nicht ganz klar. Aber das war Dialektik mit einer Art mittelalterlicher Logik. So malte Hans im Grunde genommen quer zu Technik und Tradition, so zeichnete er seine Collagen, politischer Hintergrund auf gotischem Untergrund. Schließlich war er überzeugter Katholik. Ohne abgeschlossenes Gespräch beschlossen wir, in die Kneipe zu gehn, um dort unseren Gedanken nachzuhängen. »Thesen und Tresen«, meinte Hans, »sind unsere Temperamente. Deswegen male ich bei fallenden Temperaturen in Tempera.«

Ein Pfund Kauderwelsch in Alliteration, dachte ich und schritt hinter seinem breiten Rücken, der mich fabelhaft gegen Wind und Wetter schützte, her. Zwei Wanderprediger ohne Auftrag, sagte ich mir und fand uns trotz gewisser Fehlleistungen ganz gelungen. Wir hatten unser Gethsemane erreicht. Die Kneipe, wir nannten sie so. Knastbrüder trafen sich hier zu Planquadratspielen. Mit neuen Erkenntnissen und Erfahrungswertaustausch. Man titulierte sie *Zonies*, weil sie irgendwo in den drei Zonen der Stadt zu Hause waren. Der Raum im Souterrain war überfüllt. Wir kannten es nicht anders. Ein Gewölbe voller Gestikulierender. Die Ausdünstung, jene barbarische Mischung von Körperabsonderung und Biergeruch, verschlug den Atem, Dunst hing wie Eiszapfen von der Decke. Alles war Umarmung. Hier überwinterte die wohnungslose Lust am Leben.

Hans drängte sich durch die Anhäufung von Fleisch, Stimmengewirr und Qualm an die Theke. Ich folgte ihm in Kiellinie. Die schmucke Wirtin begrüßte uns mit einem Kuß. Hans hatte ein besonderes Faible für sie. Ich wußte, er würde sie gern als Modell engagieren. Aber sie vertröstete ihn immer geschickt. Die Ablehnung seines Angebots lief auf leisen Sohlen durch die Gespräche der Biernächte. Oder soll ich lieber sagen, als buntes Passepartout für die Gesprächsfetzen. Ein schrilles Bild jedenfalls, immer wieder und immer anders in Kombination, Farben, der Typensammlung, der unverwechselbaren Originalität. Die meisten Grafiken an den Wänden waren von Hans. Sie fanden hin und wieder einen Käufer, der aber selten zahlte, es sei denn mit einer Lage Bier und Schnaps. So kam auch die tüchtige Wirtin auf ihre Kosten, und Hans verstärkte seine Anstrengung, sie doch noch als Modell zu gewinnen.

Trat man dann frühmorgens in tiefer Dunkelheit wieder auf die Straße, leicht mitgenommen und ein wenig desillusioniert, erschien die Mauer der Trauer wie ein Stück erstarrter Brandungs-

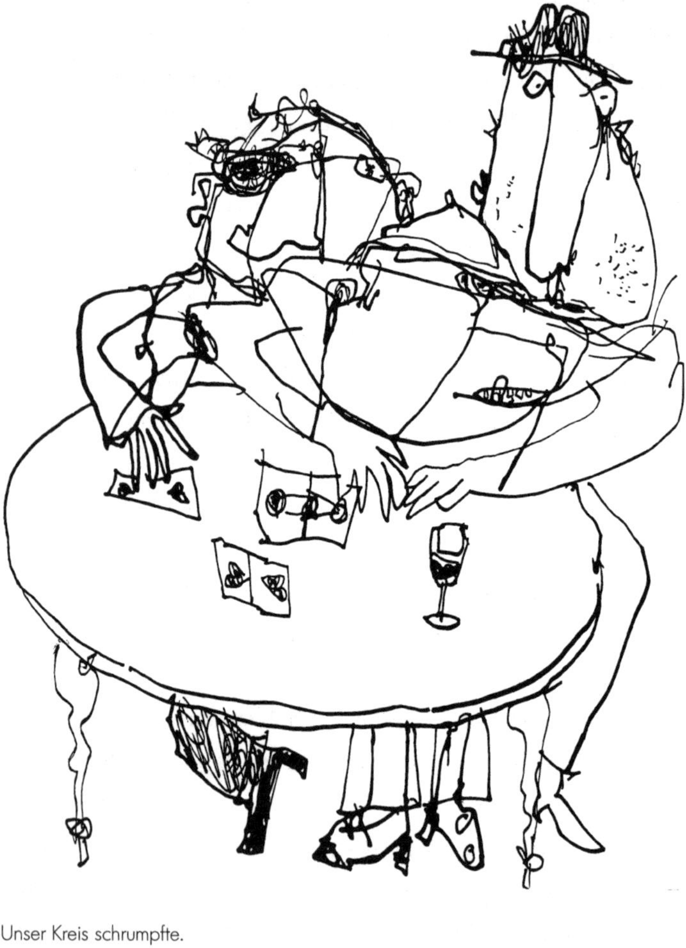

Unser Kreis schrumpfte.

welle. Spätestens jetzt wußte man von dem Boot, jenem, das alle beherbergt, das im roten Meer dümpelte, dem, wenn es sinken würde, vom Land des gegenüberliegenden Strandes niemand half. Abgründe klafften. Der Alkohol vertiefte ihre Schwärze. Ausfälle, wie Filmrisse, forderten Tribut ein. Nicht zu leugnen: junge Leute setzten sich dem Absprung ins Ungewisse aus. Dem Abenteuer zur letzten Instanz. Einbahnstraßensyndrom. Sie rasten mit dem Auto gegen den Beton. Kreuz-Berg, Selbst-Kreuzigung, ohne Auferstehung. Und in den Zeitungen von drüben stand wieder etwas von kriegstreiberischer Provokation gegen die Regulative für den Frieden. Der kalte Kuß des Todes muß verhängnisvoll erregend wirken. Kann man das schildern?
Unser Kreis schrumpfte. Ein schleichender Virus suchte uns heim. Der Widerstand, den Winter zu überstehen, kostete manchmal Kopf und Kragen. Den Anfechtungen nicht zu erliegen noch etwas mehr. Galgenhumor war gefragte Ware. Wir flüsterten, um unsere Stimmen zu schonen. Schlossen uns enger zusammen, grüßten uns intensiver. Morgens auf dem schiefen Bürgersteig fiel der Handschlag inniger aus, dauerte nach einer fatalen Verlustmeldung eine Spur länger. November. Ein ganzer Monat Volkstrauertag. In dem Kreuzberg von Westberlin. Wir hingen alle am Tropf.
Und in den Altenheimen, beiderseits, starben Menschen an Unterkühlung.
Nachbarschaft war jedoch nicht immer ein Medikament gegen die Gefahr der Entfremdung. Freundschaften wurden auf harte Proben gestellt. Freunde in diesem Teil der Frontstadt wurden Einzelgänger. Eine Art Grabenkampf begann, Stoßtruppmentalität entwickelte sich. Nicht gerade eine begrüßenswerte Eigenschaft, eine im Grunde eher grausame Begleiterscheinung der

Vereinsamung, der Ohnmacht. Aber doch Merkmal einer betroffenen Rasse, der Kreuzberger Rasse. Mutig, übermütig, sogar demütig. Aber einmütig.

Dann traf es uns, traf uns in einem Moment der Erschöpfung. Mäßiger Ostwind brachte den längst überfälligen Schnee, ohne Vorwarnung. Er verwandelte die verwundete Stadt über Nacht in ein feminines Vexierbild. Sein Leichenlaken erstickte gewohnte Geräusche. Das Bellen der streunenden Hunde wurde heiseren Urlauten ähnlich, Lastwagenmotoren veränderten ihr angestrengtes Timbre, die Stimme als Muskel der Seele machte Kinderrufe zu einem merkwürdigen Wispern. Man wurde Zeuge dieser Verwandlung, glitt man per Zufall als vermummter Fußgänger an belebten Schulhöfen vorüber. Die Stadt verlor ihren angeborenen topographischen Ort. Sie konnte den weißen Fleck auf einer Landkarte ersetzen. Konnte hinter dem Ural, irgendwo dort im Nirwana liegen. Kreuzberg war Kreuzungspunkt interstellarer Linien geworden.

Hans machte mir in diesen kritischen Tagen Sorge. Hektik befiel ihn wie ein Aussatz. Er schleuderte Farbtöpfe an die Wand. Warf die Staffelei zu Boden. Zerriß die Zeichnungen seiner Sulamith, wie er die Wirtin vom Gethsemane nannte. Schwieg entsetzlich lange. Verweigerte sich überhaupt. Ich wußte, oder konnte es mir denken, daß ihn der Schneesturm ganz persönlich, unversöhnlich herausforderte. Seinerzeit, so hatte er mir vor Wochen noch detailliert berichtet, hatten sie ihn als politisch Unzuverlässigen in einem Lager in den Schnee des Lagerhofs beordert, ohne entsprechende Bekleidung, und dann einfach vergessen. Er hatte es überlebt. Grund waren seine Anträge, vier an der Zahl, auf Entlassung aus der Staatsbürgerschaft der DDR, unter Berufung auf das Recht der freien Entscheidung und weil er als überzeugter

Katholik nicht in einer atheistischen Gesellschaft leben könne. Man hatte ihn mit der fadenscheinigen Bitte um nähere Erklärung beim Rat des Stadtbezirks abgeholt. Die Lüge endete in einem Umerziehungslager.
Schnee löste bei Hans Ängste aus. Er war zwar freigekauft, nicht aber befreit worden. Daher. Ich konnte es begreifen, aber die Dimensionen seiner psychischen Irritation nur ahnen.
Unser Treibstoff war am Ende. Der Kachelofen erkaltete. Wir froren erbärmlich. Die vier Stühle wurden in aller Kürze zu Schemeln. Die abgesägten Lehnen und Stuhlbeinteile heizten für eine gute Stunde. Prächtiges Kiefernholz brennt himmlisch, nur zu kurz, wie in unserem Fall. Wir wurden wieder zu »Fackeln aus Frost«.
Vor dem Fenster formte die schimmernde Flockenparade Verstümmeltes zur Vollkommenheit, verhüllte Geborstenes, machte selbst den grauen Schrecken des Monsters Mauer moderat. Flockiges, weißen Krähen gleich, flog über die kantigen Kronen der Betonquader. Das lautlose Flügelgeschwader verdichtete sich zu einem Ballett weißgekleideter Statisten, hinter denen sogar die widerlichen Wachttürme verschwanden. Farblos hingen Fahnen im Morgenrot, bleischwer vereist.
Die geteilte Stadt kroch in diesem endlosen November in ein gemeinsames Bett. Eine sterile Hochzeit. Leuchtraketen zeugten nachts vom Versagen. Die über Lautsprecher vorgetragenen Parolen, wie ein Gesundbeten sozialistischer Überlegenheit, versackten hoffnungslos im Pulver der weißen Pracht. Weghören fiel leicht. Aufhören fiel denen drüben schwer. Wir hingen herum. In Kinos, Kneipen, hin und wieder gab es eine Vernissage. Mit Bilka-Sekt und Woolworth-Keks. Sulamith küßte uns immer ausdauernder.

»Dieser verrückte November«, sagte Hans und schien Sulamiths Kuß zu schlürfen, »ist die Zwischenstation von Nochwachsein und Schonwegdämmern. Von Notwehr und Notzucht. Von Fahnenweihe und Weihenacht.« Ich nickte aus Bedürfnis.

»Und es riecht bereits nach Advent«, sagte er und bekreuzigte sich. Dieser Kreuzberger, dachte ich ironisch. »Es steigert sich noch zum Gestank«, näseltc er weiter, als höre er meine Gedanken. »Nicht daran schnuppern. An dieser Rauhreifgrütze, an diesen Vorzeigeikonen. Und dieser vollbusige Kuß unserer Betschwester Sulamith ist mir Symbolisten unheilvoll genug. Die hat etwas in ihrer Dunkelkammer. Soll mir recht sein, wenn sie mich nur teilnehmen läßt. Zeit der Kerzen, Zeit des Konsums.«

Nach diesem prinzipiellen Statement meines Leidensgenossen erging ich mich in Rätselraten. Was konnte er beschrieben haben? Hans und sein orphischer Kodex. Ich wußte schon, daß er seine Worte benutzte, um seine Gedanken zu verschleiern. Aber jetzt war ich auf einen »Begnadungseffekt« angewiesen.

Während ich mich durch Freiübungen der Raumkühle erwehren wollte, griff Hans in seine Materialkiste, nestelte mit klammen Fingern den großformatigen Zeichenblock hervor, sog an der selbstgefertigten Zigarette, zündete eine Altarkerze an und begann, den Zeichenstift in Bewegung zu setzen. Er kroch förmlich in die Strichabläufe, stieg über die umgestürzte Staffelei, sah auf die Reflexe des verräucherten Biedermeierspiegels, Beute einer Kohlenkellerrevision, und schrieb seine inneren Wahrnehmungen nieder.

Böse Figuren traten zutage. Verklammert im Bestreben, frei zu werden. Hans schrieb ein bebildertes Tagebuch. Pandämonium Kreuzberg an der Schnittstelle der Geisterstadt Berlin. Es störte ihn nicht, Gott sei Dank, wenn man ihm zuschaute. Unaufdringlich. Ich sah auf einem Blatt Teile der Taborkirche die Oberbaumbrücke zerschlagen, die Wrangelstraße den Lausitzerplatz schlucken, die kleinen Kreuze für erschossene Flüchtlinge am Gröbenufer sind hier zum Kandelaber angeschwollen. Ihre Silhouetten kreuzen Reklame auf den Häuserwänden am Eckhaus Bevernstraße. Im Stil der zwanziger Jahre wird für Frackverleih zu Hochzeiten und feine Trauerkleidung bei pietätvollen Begräbnissen geworben. Oft haben wir gemeinsam diese makabre Kombination, wie für Berlintouristen zum Fototermin erdacht, besucht. Hans hält sie auf seinem Kalenderblatt der Kunst fest. Ich lese in seinen Zeichnungen ein Stück gemeinsamer Erkundungen. Unerschöpflich ist die Stein gewordene Geschichte, dicht die Komprimierung vieler Einzelheiten unserer Umgebung. Ich hebe die Blätter auf, die Hans sozusagen vom Baum der Erkenntnis löst, also vom Zeichenblock losreißt und zu Boden fallen läßt.

Verklammert im Bestreben, frei zu werden.

Gehe ins Nebenzimmer. Lege mich aufs ungemachte Bett, decke mich mit den Blättern zu, verfalle in Halbschlaf, glaube eine Stellwand zu sein, an der die Zeichnungen aufgereiht hängen. Neben mir tickt der Wecker wie eine Zeitbombe. Plötzlich steht Hans im Türrahmen. Brüllend. Hält ein Viereck hoch in Händen. »Ein Paket für dich, du zugereister Enteister«, dröhnt er, »eine Ladung Dynamit für den Aufbau West.«
Vorsichtig, die Zeichnungen einsammelnd, komme ich in die Senkrechte. Greife mit der freien Hand nach der Paketpost. Hans, der einen Kopf größer ist, reckt sich und bleibt im Besitz der Beute.
Meine Leute in der behüteten Kolonie der Kantone hatten auf ihre Art reagiert. Wir jubelten Lobgesänge auf die vorzügliche Qualität der Schweizer Produkte. Produkte, die wir im Zustand des Beschenktseins mit dem Vokabular von nebenan benannten. Bündnerfleisch etwa nannten wir: *Erzeugnis einer rauhfutterverzehrenden Großvieheinheit.* Wir schwelgten. »Zur Kunst gehören zwei«, erklärte Hans mit einer Handbewegung auf seine Bilderberge deutend, »einer, der sie braucht und einer, der sie macht. Und daß sie einer machen kann für den, der sie braucht, dazu braucht er Brauchbares alter Bräuche. So die Schweiz, mit ihrem besonderen Futterreiz.« Die Altarkerze entzündete die Räucherstäbchen, die wir ihr zum Verzehr hinhielten. Es duftete. Wir glaubten uns versetzt auf eine Insel im Roten Meer. Südlich. Sonnig. Sorglos.
Eine Einladung erreichte uns. Die Wirtin Sulamith eröffnete im Hinterstübchen ihrer Kneipe eine Galerie. Die Galerie Hertha. Hans war nicht überrascht. Und ich begriff endlich seine Worte von den Vortagen. Alles was sich zur Kunstszene des Kiezes zählte, fand sich ein. Jeder wurde von Sulamith mit einem Kuß

empfangen. Hans und mich umarmte sie zusätzlich. Es war im Stübchen gelungen gemütlich. Sulamith zeigte Geschmack. Das mußte der Neid ihr lassen, und Neid ist die hohe Form der Anerkennung. Es gab Freibier und Käse mit Rotwein. Jeder der Maler sollte zur Einweihung etwas bieten. Ein paar kluge Worte, ein Gedicht, eine Scharade. Es war jedem freigestellt. Die Stimmung war recht herzlich, und Sulamith verstand es geschickt, ihre Gunst gleichmäßig zu verteilen. Ein probates Mittel, unauffällig Kontrolle auszuüben. Ich bewunderte sie.
An den Wänden waren ausschließlich, vorzüglich gerahmt und originell gehängt, Bilder des Malers Märchen. Eine Einzelausstellung für diesen fantasievollen Kreuzberger Künstler. Hans zeichnete als seinen Beitrag zur Einweihung auf die Rückseite eines Plakats des Vereins gegen Alkoholmißbrauch mit wenigen Strichen und in Windeseile das Porträt Walter Ulbrichts. Beifall. Hans winkte ab. Stille. Dann ging er, die Zeichnung in der Hand haltend, unschlüssig hin und her. Stille. Und nun fragte er seine Zuschauer: »Soll ich ihn hier aufhängen oder einfach an die Wand stellen?« Ausgiebiger Jubel, er hatte die Lacher auf seiner Seite.
Dann kam Ingo, auf besonderen Wunsch der Gastgeberin. Ingo kam nämlich selten. Es war die Ausnahme schlechthin. Es wurde noch einmal still. Der Lärm der Runde verebbte. Ingo lächelte. Ein ungläubiges Lächeln umspielte seinen von einem Bart umrahmten Mund. Er ließ ein paar Akkorde auf seiner Gitarre erklingen. Märchen, der Maler, hob sein Glas. Schwenkte es wie einen Taktstock. Ingo nickte ihm unauffällig zu. Seine Reverenz. Dann sang er. Zuerst noch mit einer gewissen Scheu, wohl auch Ausdruck seiner Selbstkritik. Aber als Sulamith von hinten zu ihm trat und sein Haupthaar mit einer Papierkrone schmückte, verlor er die Hemmung. Heute war er neben Märchen Mittel-

punkt. Mit der Papierkrone sah er einem Märchenprinzen nicht unähnlich. Sulamith hatte genüßlich arrangiert. Ingo sang irische Lieder, französische, südafrikanische und auch zwei armenische. Die fielen so aus dem Rahmen, daß sie mir ungemein zusagten. Ingo erhob sich. Applaus brandete auf, Zurufe. Presseleute, die sich auf Sulamiths Einladung unter den Gästen befanden, sich aber wohltuend zurückhielten, machten heimlich Notizen. Ich sah es. Ingo verneigte sich artig, die Krone fiel zu Boden. Hans war es, der sie auflas, sich selbst damit bekrönte und dann tanzte. Die Enge erlaubte eigentlich nur einen Stehtanz, wenn es so etwas gibt. Die Anwesenden klatschten rhythmisch. Hans stampfte. Dampfte. Wein floß in die leeren Gläser. Man trank aus Bierflaschen. Rauch machte das Atmen zu einem Überlebenstraining. Umarmungen folgten den Glückwünschen. Ich verlor den Überblick. Im Unterschied zu Sulamith. Die Eröffnung artete keinesfalls aus. Die Zeit rückte vor. Draußen schneite es. Und alle, so schien mir, waren bereits im Zustand einer kollektiven postkoitalen Katerstimmung. Jeder in seiner Rolle ein Star.
Hans war nicht aufzufinden. In Pilgerzügen stapften die Galeriegastgermanen aus Kreuzberg ihren Wohnstätten zu. Sulamith verabschiedete uns an der oberen Stufe der kleinen Eingangstreppe mit einem Ritterschlag, jenem Klaps auf die Schulter, der die intime Freundschaft bekundet. Die von der Presse bekamen mehr, mehr weiblichsinnliche Zuwendung. Und als sie ihre Firmenwagen freischaufelten, winkte ihnen die Wirtin noch werbewirksam zu.
Sulamiths Galerie wurde zum Geheimtip. Die Hasardeure der Kunstszene, Neugierige aus Lankwitz und Rudow, Frischlinge aus Frohnau trudelten ein. Der Markt entwickelte sich sprunghaft. Auch Hans, wiederaufgetaucht, ohne ein Wort über sein

Verbleiben zu verlieren, profitierte. Ingo wurde eine Institution. Die Galerie ein Mekka der Touristen. Sulamith für die Stammgäste ein Leuchtfeuer, für Einwohner, Zuwanderer, Eingeborene, für die Laufkundschaft eine mit Respekt Beargwöhnte. Mit Charme und Charisma ausgestattet, hielt sie Fürsprache und Widerspruch in der Waage. Aber mit wem hielt sie es? Hans glaubte fest, es sei Ingo. Den sie aber nicht wegen der Gitarre, sondern wegen seines *S*-Fehlers liebe. Ingo glaubte, es sei Märchen. Märchen meinte, es sei Hans.

Ich hatte mein schwarzes Studium wieder aufgenommen, die Kohlenzuträgerei. Auch des Trinkgelds wegen. Es fiel christlicher aus in diesen verschneiten, windigen Adventswochen. Heute hatte ich Sulamith beliefert. Ihr Trinkgeld war eine Portion Leberknödel mit Beilage. Da hockte ich hinter dem Tisch und bekam als Zulage mein Malzbier und gratis noch den Einzug der Gladiatoren. Eine große Gruppe, außergewöhnlich athletische und mit Sorgfalt gekleidete Herren, zwängte sich auf leisen Sohlen in die Wirtsstube, nahm flüsternd Platz, grüßte schweigend und schien sich mehr mit Gesten als mit Worten zu unterhalten. Der, der am besten die Landessprache beherrschte, bestellte für alle Kaffee mit Milch und Zucker. Sulamith legte Lippenstift nach, warf einen prüfenden Blick in den Handspiegel. Max, ihr momentaner Kellner, selbst ein athletischer Typ, wieselte behende, fast unterwürfig. So kannte man ihn überhaupt nicht. Die höflichen Herren schoben nach einem Probeschluck die Tassen von sich. Schüttelten dabei eindeutig den Kopf. Man konnte an den Mienen leicht das Urteil ablesen. Max räumte widerspruchslos ab. Sulamith lächelte verlegen, brühte neuen Kaffee. Diesmal nickten die Herren, und ein beifälliges Raunen ließ sich vernehmen. Ich kam zwangsläufig mit ihnen ins Gespräch.

Max versuchte verzweifelt, etwas zu verstehen. Aber unser Dialog verlief im Kammerton. Sulamith kontrollierte ihr Haar.
Der, mit dem ich vornehmlich einvernehmlich Kontakt hatte, ein blonder Hüne, hieß Lasartesse, war Schweizer und Catcher, seine Freunde auch Mattenwerfer, Ringer im Freistil, aus den verschiedensten Ländern. Ihr Turnier, in einem Zirkuszelt am Breitscheidplatz, im Schatten der Gedächtniskirche, gönnte ihnen einen freien Tag, sie machten einen Ausflug. Ein findiger Taxifahrer muß sie zum Besuch Kreuzbergs mit Abstecher zu einer Galerie überredet haben. Draußen wartete eine Armada von Fahrzeugen mit dem gelben Dachschild. Das leisteten sich die Herren vom Ring. Ich erhielt von meinem Hünen eine Freikarte, Sulamith einen perfekten Handkuß, Max ein fürstliches Trinkgeld, und dann verschwand die Gruppe – nicht etwa nach draußen, sondern in ihrer soignierten Art von Prominenzbewußtsein, diesem feierlichen Ernst der anderen Ebene, in das als Galerie getarnte Hinterzimmer. Wir im Wirtsraum sahen uns an. Die Herren kamen im Gänsemarsch zurück. Jeder mit einem Bild unter dem Arm und ein paar blauen Scheinen in der Hand. »Souvenir«, sagte der Dunkelhäutige unter ihnen, hielt ein Bild hoch, legte seine Hunderter in die flirtende Hand Sulamiths, die anderen folgten dem Beispiel, und dann kam der sanfte Abgang. Max war sprachlos, und das hieß etwas. Draußen dröhnten die Motoren, jaulten die Reifen auf der vereisten Straße, verebbten die Geräusche. Irgendwo das Signal einer Funkstreife. Wir staunten still vor uns hin. Dann gab es Sekt. Nein, Champagner. »Was ist der Gegensatz von Tristesse?« fragte ich Max. Der kippte übermütig den Edeltrunk herunter wie einen Schnaps. »Lasartesse!« rief er und kaufte mir die Freikarte ab. Gäste kamen, es wurde im Handumdrehen voller im Lokal. Ingo tauchte auf. Wir baten ihn um

einen Berliner Song, sangen lauthals mit. »Stimmung!« rief Sulamith und warf eine Runde Freibier.

Freunde vom Moritzplatz hatten uns eingeladen. Schon am frühen Nachmittag trafen wir bei ihnen ein. Die Familie stand rechts und links in der Diele Spalier. Ein lustiger Empfang. Die beiden Kinder hatten je eine Katze auf dem Arm. Als Weihgeschenk überreichten Hans und ich vier gestohlene Briketts. Es gab warme Suppe, warme Räume, heißen Punsch. Der Familienvater spielte auf einem verstimmten Klavier. Katzen und Kinder tobten. Die Hausfrau brachte eine Torte. Wir lagerten auf unsern noch windfeuchten Mänteln, denn Möbel gab es keine. Der Hausherr, Architekt, der aufgrund seiner Beziehungen die Wohnung ergattert hatte, baute sie selber. Er legte uns seine Entwürfe vor, quer durch das Berliner Zimmer. Imposant. Wir fanden ihn ungeheuer kreativ und seine geplanten Möbel einsame Spitze. Die Hausfrau, Lena hieß sie – ich dachte beim Anblick ihres hüftlangen Haares an den Fluß Lena, der am Baikalsee entspringt und im Eismeer endet – zeigte uns ihre Kleider. Sie war Modistin.
Ohne Vorwarnung entledigte sie sich ihres Kleides und machte Modenschau am Moritzplatz vierte Etage rechts, Altbau. Es war ihre Sommerkollektion. Dann waren die Kinder dran, Gisela, die sie Giselle nannten, und der Bub Moritz, der Maurice gerufen wurde. Der Freund-Architekt begleitete das alles mit Schumanns *Fröhlichem Landmann.* Damen- und Kindermode, wir berichtigten stimmlich das verspannte Klavier. Der Punsch wirkte. Lena hatte es mir angetan. Ohne ihre Modelle, nur mit dem fließenden Haar und den Dessous. Wir applaudierten, eigentlich mehr aus Höflichkeit. Lena war schon verführerisch, objektiv gesehen. Ich sah immer die fließenden, hüftlangen Haare und spürte mein Ver-

langen, sie abzufackeln. Ein perverses Gefühl. War ich Pyromane? Ich steckte tief in einer Krise und bemitleidete mich. Jetzt hämmerten auch die Kinder auf die Tastatur. *Der fröhliche Landmann*, sechshändig. Hans riß das Fenster auf, formte Schnee von der Fensterbank zu Kugeln und bewarf die Musiker. Die Kinder kreischten, der Landmann brach zusammen. Mit einem überrationalen Moll-Akkord, furchterregend. Und in diesem chaotischen Moment zwischen meinem Gefühlsstau, den nervtötenden Nachklängen des gemarterten Instruments, der zur Farce gewordenen Modenschau, raste eine Perserkatze ängstlich durchs Zimmer, streifte eine Kerze und stand in Flammen. Ich glaubte wirklich, ich wäre im Kino. Was jetzt ablief, und zwar in *slow motion*, forderte Hollywood heraus. Standfotos neben bewegten Bildern. Hans rief martialisch: »Unflätig ist des Elends Macht, wenn's nicht der Mensch, verklemmt, bewacht.« Mit seinen Schneehandschuhhänden erstickte er das Feuer der eingefangenen Katze. Lena jetzt mit Glatze. Sie hatte ihre Perücke heruntergerissen. Oben ohne, dachte ich Voyeur. Und die Kinder improvisierten eine Drehorgelschleife:

»In Martinique, in Martinique,
da ist das schick, da macht es klick . . .«

Ich schloß die Augen. Sank hintenüber. Ein Traum, dachte ich, ein Albtraum, ein Wachtraum. Ekstase gestörter Westberliner. Und das nicht nur zur Winterszeit . . . Irgend etwas in mir mußte für Augenblicke ausgesetzt haben. Es war alles ganz anders. Fast glaubte ich, ein neues Zeitalter sei angebrochen.

Hans hatte seine Blätter ausgebreitet, quer über den Fußboden. Es herrschte eine Atmosphäre wie vor einer Bescherung. Erstaunte Kinderaugen. Sie sahen Spiegelungen ihrer Umwelt, fanden ganz offensichtlich den Einstieg in Mechanismen, Metaphern, Ideogramme. Ihnen schien sich die Bilderwelt zu entschlüsseln. »Was ihr mögt, dürft ihr nehmen. Ich schenke es euch, Gisela und Moritz, beziehungsweise Maurice und Giselle. Also, was ist?« Hans sah sie an, lange. Was dann die beiden mit großer Sorgfalt in ihr Zimmer trugen, so, als trügen sie eine Monstranz, veranlaßte Hans zu der Bemerkung: »Das waren haargenau meine beiden besten Zeichnungen. Exakt. Moral von der Geschicht': Von Kindern – und Tieren – lernt man immer. Viel seltener von Erwachsenen.«

Lena läutete zu Tisch. Lena trug einen lachsfarbenen Entwurf mit Borstenperücke. Gewagt. Triumphierte aber über die Apfelsinenkisten, auf denen und an denen wir tafelten. Möbel hingen jetzt an den getünchten Wänden, Konstruktionspläne. Frank, der Architekt-Freund, baute beständig um und auf. Äußerst quälend nachzuvollziehen. Lenas Linsengericht fand Zustimmung. Es roch nach glimmenden Tannenbaumzweigen. Im RIAS brachten sie eine Choralfantasie über Händels *Macht hoch die Tür, das Tor macht weit* . . .

Wieder dieses Wort »Macht«. Was hatte hier Macht über mich? War das nicht alles schon einmal dagewesen? Erinnerungstäuschung? *Déjà vu?* Linsengericht! War es das? Oder Gericht?!

Die Musik brach ab. Ein Sprecher stotterte. Pause. Dann die Nachricht vom Attentat in Dallas. Der November dehnte sich aus. Lähmung folgte. Frank schaltete das Radio ab. Ein jeder von uns suchte nach Worten. Vergeblich. Wir wußten, daß wir lügen würden.

Aus dem Kinderzimmer hörten wir dieses Drehorgelgestammel:
... *Martinique, Martinique, da ist das schick! Da macht es klick!*

Auf der Treppe drehten wir uns, unten im Knick zur dritten Etage, noch einmal um. Die Kinder winkten nicht. Weinten sie

nicht? Draußen schneite es weiße Tränen. Stemmte sich der böige Wind gegen die Schultern. Friedhofsstille. Irgendwo eilige Schritte. Lichter hinter Fensterscheiben. Die Stadt starb einen Tod. Und sie würde am Morgen auferstehen mit einem Gesicht aus Furcht und Erschrecken. Die Mauersteine, die Grabsteine würden wachsen . . .
Dallas, dachte ich. Ein Synonym für *darkness.* Hans verschwand geisterhaft. Ich verlor die Orientierung. Hans hatte mir die Bildermappe unter den Arm geschoben. Mein Hirn lieferte falsche Daten. Wo war ich denn eigentlich. »Lena«, rief ich in den November aus Mord, »Lenalockvogel«. Es war ein anderer, der mit meiner Stimme rief. Das Echo etwa? Dann traf ich doch die Luckauerstraße. Ärgerlich stellte ich fest, daß der Hausschlüssel nicht in meiner Tasche steckte. Nirgendwo. Fluchend stapfte ich vorwärts. Ich schob den Schal vors Gesicht, bis unter die Augen, zog die Wollmütze tiefer. Vergebens. Ich versuchte es im Rückwärtsgang, gebeugt. Vergebens. Dann die Pinte. Endlich. Kalter Schweiß unter den Achseln. Was geht vor, fragte ich mich. Und dabei verspürte ich einen absoluten Stillstand des Herzens. Die Pinte war verrammelt. Geschlossen. Und ich befand mich auf der entgegengesetzten Seite der Luckauer. Seitenverkehrte Kreuzberger Einöde. Mit einem Fluch biß ich in den Schal. Lehnte mich an die Hauswand. Natürlich war diese Pinte geschlossen. Folge der Vorgänge in Dallas. Eine Stadt, in der Nacht der Anfechtung, traf sich hinter den herabgelassenen Jalousien zur Anteilnahme.

Ich wankte vorwärts, kam wieder in die Wüste der Sebastianstraße. Alles schien sich gegen mich zu verschwören. Nur nicht noch die Mappe verlieren, dachte ich erschrocken und hob den Kopf. Im Scheinwerferlicht eines Baukrans besserten die Bri-

gaden von drüben die Mauerkrone aus. Machten sie wohl fluchtsicherer. Der Zeitpunkt war passend gewählt! War das Ausdruck des heimlichen Triumphs jenes Regimes? Die Köpfe der Arbeiter tauchten auf und verschwanden, makabres Marionettenspiel. Mit widersprüchlichem politischen Unterhaltungswert. Ich nahm Platz auf den verwehten Stufen, wie im Theatersessel. Die seitliche Front des Abstiegs schützte mich etwas. Dem Treiben dort drüben, angeschrägt über mir, schaute ich eine Zeitlang gedankenlos zu. Diesem Kasperlespiel mit lebenden Figuren.
Und dann sah ich ihn. Wie aus dem Schneeschutt erstanden. Man hätte ihn erfinden müssen, hätte es ihn nicht schon gegeben. Wer nicht an kleine Wunder glaubt, in dieser großen vermauerten Stadt, der ist eben Reaktionär – so brachte ich meine Verwunderung auf eine Formel. Mir stockte der Atem. Ich vergaß die Kälte.

Die werden ihn noch abschießen, diese Scharfschützen von drüben. Einfach so, als lebendige Zielscheibe, als Trainingsobjekt. Er befand sich doch auf dem ostzonalen Bürgersteig, direkt unter der Mauer. Das war doch ein potentieller Grenzverletzer.
Nichts geschah. Die Angst um ein möglicherweise weiteres Opfer dieser Nacht wuchs. Sprich, sagte ich mir, damit er dich sieht!

Da war aber auch Neugier. Billige Neugier, gierige Neugier. Abwarten auf ein Abenteuer mit passiver Teilnahme.
Er war mir schon des öfteren begegnet. Immer als Schemen seiner selbst. Als Umriß einer beweglichen Gegenwärtigkeit. Mit riesigem Mantel segelte der Typ daher. Ein Schoner vor dem Wind bei ablaufender Flut. Unter der verknautschten Lederkappe Strohballen wehender weißer Haare, gebündelte Fülle. Das Gesicht verwittert, alterslos, zugewachsen zu einer Maske aus Stoppeln. Ein verdorrtes Ährenfeld. Oder auch eine Tarnkappe. Für unser Viertel war er ein Vehikel mit Multifunktion, Überflieger, Relikt, Trümmergnom.
Nie machte er den Eindruck, als würde ihn frieren. Jedenfalls war er eine Legende. Aber es gab eben Zeiten, da war sie, diese Protuberanz Kreuzbergs, zwischeneiszeitlich, untergetaucht. Aufgelöst in Vergessenheit. Entschwand aus dem Gedächtnis. Und dann rankten sich Blüten der Mutmaßung um diese Figur des Straßentheaters, bei dem wir anderen Statisten waren. Jetzt war er auferstanden, wie eine Zeile aus dem Lied des Herrn Kultusministers Johannes R. Becher, den sie drüben bereits vereinzelt *Erbrecher* nannten, war auferstanden, wirkte wie abgesondert, entrückt. Sein Mantelsaum fegte die Bordsteinkante, sein Stolpern hatte etwas Akrobatisches, er schwebte mehr als er schlurfte. Seine Arme, grotesk ausgebreitet, hielten ihn im Gleichgewicht, Ersatz für die Stange eines Drahtseiltänzers. Ich folgte ihm mit den Augen wie mit dem Objektiv einer Kamera. Großaufnahme, Totale. Vielleicht waren Gewehrläufe auf ihn gerichtet, sicher aber meine akribische Aufmerksamkeit. Dieses Drehbuch schrieb der Verrat.
Hin und wieder bückte er sich, dieses Schneeschuttmonster. Fand etwas, das er in die Manteltasche steckte. Bot niemandem

ein Ziel bei seinen Aktionen. Jetzt sah ich, daß er Lammfellstiefel trug, wie die Posten an der Grenze nach Ostberlin. Hatte man ihn nicht verdächtigt? Für ihn sei die Mauer porös, munkelte man. Er stehe im Sold der anderen von drüben, deswegen sein gelegentliches Abtauchen. Er suche in der Verkleidung eines Stadtstreichers nach unterirdischen Gängen, Fluchttunneln. Unsinn, dachte ich, Gebräu der Gerüchteküche.

Er schob sich an der Mauer entlang. Sollte ich ihn anrufen? Nannten sie ihn nicht *den Bunten*? Ich war mir nicht sicher. Also unterließ ich es lieber. Jedenfalls war ich fasziniert. Wieder schnappten seine Finger zu. Man hätte ihn jetzt auch *den Greifer* nennen können. Ein professioneller Angler fischte im Trüben seine Beute. Versenkte sie nach kurzer Kontrolle in die Manteltasche. Ein Magier, der Schätze magnetisch an sich zog. Sein Schatten wanderte manchmal die Häuserwände hoch. Bizarr. Mir war längst klar, daß er Kippen fischte. Und sein Revier war gut ausgesucht. Es herrschte Ostwind. Die Bauarbeiter der Mauerbrigade, offensichtlich Kettenraucher, warfen ihre Kippen mit jenem gekonnten Schnippen der Finger, wie es mir in amerikanischen Filmen immer imponierte, in die Luft. Der Ostwind ließ sie in den Westen segeln. Der Schnee war trocken. Und der Kippenexperte hielt reichen Fang. Das kleine Einmaleins für Arithmetiker dieser Sorte.

Jetzt strandete er am Fuß der Mauer. Im Lichtkegel eines Krans, dessen Arm sich drohend hob und senkte. Ein Betender vor der Kreuzberger Klagemauer. In der Zeit der Ankunft, im Advent, angesichts der Ungerechtigkeit auf Erden. Der Lichtkegel ließ ihn nicht los. Es war wie ein Altarbild für Atheisten. Oben, hinter der steinernen Grenze, die Marionettenspieler der Baukolonne. Unten im wirbelnden Schnee das nichtgeflügelte Endzeitwesen.

Oben der Eisenarm im kalkigen Licht als Galgen. Unten ein bißchen Mensch unter einem Bündel Stoff. Zurufe der Arbeiter untereinander, mit Fetzen von Radiomelodien garniert, klangen manchmal herunter wie biblische Urlaute.
Da flog eine Botschaft herab, mitten aus dem Theaterhimmel dieser Produktion. Landete dem Knienden vor die Füße. Die Boten des Zuwurfs winkten. Nur angedeutet. Wie versehentlich. Der Abwurf war als zufällig kaschiert. Geschah wie eine winzige Unachtsamkeit, wie ein entschuldbarer beiläufiger Unfall.
Es folgte kein Kommando, keine Warnung. Die uniformierten Bewacher hatten nichts bemerkt. Keine Sirene, kein Alarm. Ich verfolgte den Ablauf der Szene faßt mechanisch, registrierte nur. Mir wurde aber klar, das war ein Funken in der Kälte, ein Meteorit der Menschlichkeit. Und das in dieser Novembernacht des Attentats.
Der Kauernde warf einen schrägen Seitenblick nach oben, sein Signal des Danks womöglich. Hatte zugefaßt, entzog sich dem Lichtkegel, steuerte über die Straße, sah mich, fingerte an der Schachtel, schüttelte sich wie im Fieber, bat um Feuer. Seine Stimme war mehr ein Bellen. Aber seine Augen guckten wach, jung, unternehmungslustig. »Bedien dich«, hörte ich ihn raunzen. Er hielt mir die Schachtel hin. Wir versuchten zu lachen und qualmten. Zwei Rauchzeichen über dem Schnee. Eine Notgemeinschaft auf Abruf, sozusagen im Exterritorialgebiet Kreuzbergs. Wir traten auf der Stelle, um die Blutzirkulation der Füße in Gang zu halten. Ein Tanz war es, ein Eisballett. Der Rauch der Zigarette wärmte.
»Turf«, hörte ich mein Gegenüber husten, »Turf, die allererste Marke Ostberlins. Mir sind die Schwestern von drüben eigentlich näher, so vom Unterhaltungswert, verstehst du. Aber heute muß

ich den Brüdern dieser Schwestern etwas Abbitte leisten.« Er sog selig an dem *Turf*-Stengel. »Das war Bescherung für eine Mauerratte.«
Oben ebbte der Baulärm ab. Der Kran zog seinen Hals vollends ein. Ein Handscheinwerfer tastete die Mauerkrone ab. Erlosch. Nur noch die trüben Lampen des Todesstreifens hinter der Mauer versuchten schwankend, sich des Flockenvorhangs der Schneeschauer zu erwehren.
Unsere Köpfe neigten sich zueinander, ruhten mit der Stirn für einen Moment auf der Schulter des anderen. Sekunden können nicht nur zur Ewigkeit werden, es geschieht auch Veränderung in solcher Sekundenewigkeit. Das erfuhren wir wohl. Rücken an Rücken gelehnt rauchten wir in Eintracht. Die Kippen sammelte mein Spender wieder ein. Und plötzlich roch es nach Sagrotan. Wir fanden uns, zurückgeholt, wieder zurecht. Das Planquadrat unserer Welt umschloß uns. Ein Duftschloß. Parfüm des Proletariats. »Ich sammle die Kippen nur wegen der Sauberkeit«, sagte er mit angestrengtem Grinsen. »Ich mag saubere Straßen und Plätze. Klingt komisch, ist aber so. Ich war diplomierter Straßenkehrer drüben, im Paradies der Arbeiter und Bauern. Man kehrte sich von mir Straßenkehrer ab.« Er blickte an mir vorbei, winkte. Ging von den Stufen der Pinte Richtung Sebastianstraße. Ich nickte und folgte.
»Man kehrte mit dem berüchtigten eisernen Besen. Schob mich ab. Ich lebte in Eisenberg, wenn du weißt, wo das ist.«
Ich preßte die Mappe enger an meinen Körper. »Natürlich!« antwortete ich, vielleicht eine Spur zu betont.
Er blickte mich prüfend an, als strafe er die kleine Lüge. »Macht nichts, Karl Marx«, entgegnete er. »Aber im Grunde sind die von drüben und auch die in Eisenberg die Besseren. Besser in der

Lüge und besser in der Wahrheit. Glaub es ruhig, ich spreche aus Erfahrung. Und nun bist du dran.«

Ich nickte nachdenklich. »Darf ich annehmen«, fragte ich, »daß diplomierter Straßenkehrer im Jargon des existierenden sozialistischen Realismus vielleicht Ingenieur bedeutet?«

Jetzt nickte er, blieb stehen. Blies die Nebelfahne seines Atems in die frostigen Hände. »Straßenbauingenieur. Hoch- und Tief, Flach – und parteilos. Habe mich etwas zu weit aus dem Fenster gelehnt, zugegeben.« Er hustete hingebungsvoll. Rieb die Hände aneinander.

»Weißt du«, fuhr er mit der belegten Stimme eines wunden Kehlkopfs fort, »Vorbeugen ist immer besser. Nur nicht am Abgrund. Kapiert?!«

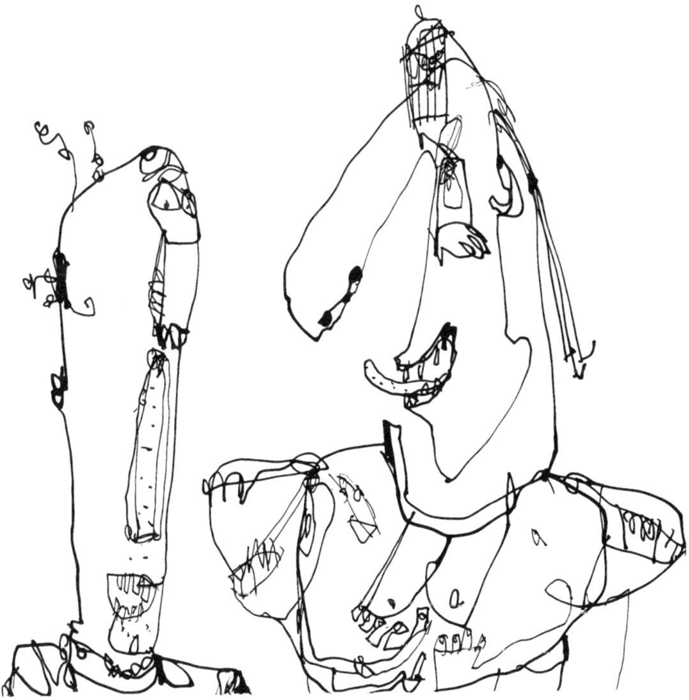

Ich wußte es im ersten Moment nicht ganz einzuordnen, holte das dann aber nach, und zum Zeichen des Einverständnisses gab ich ihm die Hand. Zu meiner Belustigung küßte er sie und fragte feixend: »Bist du behaust? Mir ist nach und nach nach was Heißem und einem Stück belegtem Brot, Euer Gnaden. Ich bin bissig.«
Ich erzählte von meinem Mißgeschick. Er hörte geduldig zu. Der Schalk in seinen Augen gab mir Zutrauen.
»Ich öffne jede Tür, jedes Schloß, Euer Hochwohlgeboren, jeden Panzerschrank, wetten?« Die winzigen Eiszapfen in seinen Stoppeln bebten. Nein, ich wollte nicht wetten.

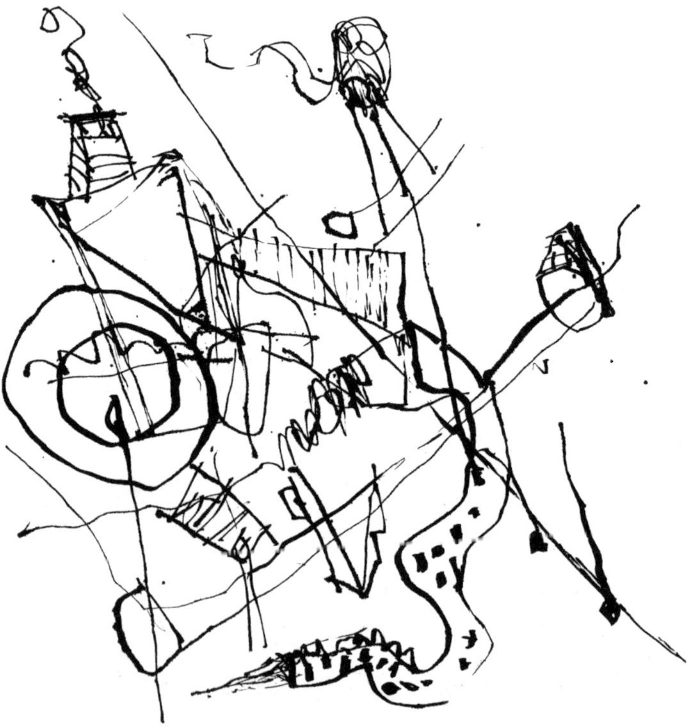

»Du hast mich scharf gemacht. Und mit diesem Mappenhans bist du doch nicht verheiratet, nehme ich mal an. Wenn er will, wenn er wiederkommt, wie gesagt, falls, machen wir in Familie, Großfamilie. Apropos Großfamilie: ich stamme eigentlich oder ursprünglich aus einer Hugenotten-Großfamilie. Was sagst du jetzt?« Nichts, dachte ich mir. »Damals hieß der Stamm Couleur. Hier nannten sie sich Farbe. Und mich als letzten Sproß nennen sie hierzulande Bunt. Das sind Perspektiven, nicht wahr?!«
Er trabte voraus. Mir kam er viel farbiger vor als nur *der Bunte*. So war das also.
Abrupt blieb er stehn. »Hee, Professor Unrat«, rief er, »haltet die Straße sauber!« Er blickte zurück. Ich drehte mich um. Einige Blätter waren aus der Mappe gefallen und bedeckten das vereiste Pflaster. Erschrocken lief ich die wenigen Meter zurück, glitt aus, konnte mich auspendeln, aber nun lag auch die Mappe auf der Straße. Der Bunte lachte irgendwie schadenfroh. Ärgerlich sammelte ich die Zeichnungen sorgfältig ein. Sie waren teilsteils in Mitleidenschaft gezogen. Was würde Hans sagen? Ich wußte, daß er sie der Jury der Hochschule der Künste vorlegen wollte, für die Zulassung zum Studium. Meine Laune sank auf Null.
»Laß das meine Sorge sein, Doktor Tiburtius«, hörte ich den Bunten schnattern, »es gibt kein kulturelles Problem, das ich nicht löse. Und zwar mit Weltniveau. Nur dauert es mit meinen Lösungen länger, wie bei Weihnachtswundern. Man kann Bilder verstehen, wenn sie einem keiner erklären will. Das ist wie mit der Musik. Klar?«
Er sah sich jetzt die Verunreinigungen an. Intensiv. »Für mich als Restaurator eine der leichtesten Übungen«, verkündete er selbstsicher, griff nach meinem Feuerzeug und entzündete sich ein weiteres *Turf*-Fabrikat.

Aber ich konnte nicht leugnen, nicht vor mir selbst, daß diese Verkündigung keine Freude aufkommen ließ. Er wurde mir zusehends undurchsichtiger.
Viel Zeit zum Nachdenken blieb nicht, wir waren angekommen. Der Bunte, Monsieur Couleur, betrachtete das Eckhaus ausnehmend umfassend. Aber nach wenigen, wohl oft geübten Handgriffen traten wir in den zugigen Flur und schlossen die Tür hinter uns. Auch die Wohnungstür hebelte er aus. Er hatte Wort gehalten. Ich gestand mir ein, daß ich mich wohl getäuscht hatte. Es gab bald heißen Kaffee, die Leitung war noch nicht eingefroren, es gab belegte Brotschnitten für uns Eisheilige, und dann gab es für mich noch eine Lektion in Sachen Reinigung von Büttenbogen. Das war zwar nur partiell von Erfolg, aber überraschend überzeugend.
»Du wirst es schon schaffen, Prinz Eisenherz«, sagte er verschmitzt. »Ich hoffe, ich auch. Jeder hat seinen eigenen Kanal, ich meine im Leben. Erfolg besteht immer darin, daß man ganz gewöhnliche Dinge ungewöhnlich gut macht. Darauf lasse ich mich ein.« Er trank den Rest Kaffee, reichte mir noch eine Zigarette, knöpfte den Mantel zu, den er nicht ausgezogen hatte, schlurfte zur Tür.
»Ich tauche wieder ab. Drüben sind noch Leute von mir, der Großfamilie Couleur. Vielleicht hat mich sogar einer von denen erkannt heute. Von denen da oben. Aber nur meinen Doppelgänger.« Er grinste. Ließ genießerisch den Rauch durch Mund und Nase entweichen. »Hast du etwa auch jemand, den du magst, drüben?« Ich bejahte. »Vielleicht eine Freundin? Eine geliebte Frau? He? Du brauchst nicht zu antworten.« Er kam mir damit zuvor. Enthob mich einer wie auch immer gearteten Lüge. Er machte mich ratlos.

»Nehmen wir an, es wäre so, dann kauf dir ein Auto. Einen der flachen, kleinen Italiener, und wenn sie bei der Rückfahrt nach den Papieren fragen, gib Gas. Kopf einziehen. Ihr paßt unter der Schranke durch. Dann die paar Kurven um die Betonpfeiler, und du bist im Westen. Ich habe das ausgemessen. Die kleinen, flachen Italiener, die gehen unten durch. Kauf dir auch ein bißchen Courage, Manuel Fangio! Jedem das Seine, mir aber das Meine. Ich habe keinen Führerschein. Meine Tour ist noch flacher, noch geduckter, nicht schneller, dafür unsichtbar. Der kleine, feine Unterschied.« Er schwenkte die Lederkappe. Das Haupthaar fiel ihm über die Augen, wie die Mähne eines Hengstes. Ich wollte eigentlich wütend sein, konnte mich aber nicht entscheiden und wußte nicht genau, gegen wen und warum. Also ließ ich es bei einer undefinierbaren Verstimmung.

Mein Gast turnte zur Tür, drehte Pirouetten auf dem Hausflur, machte einen formvollendeten Kratzfuß und stiefelte betont markant davon.

Eindeutig ein starker Abgang. Zurück blieb mein Schwebezustand aus Bewunderung und Bedauern. Ich igelte mich ein. Was wußte er von mir? Von ihm wußte ich nur widersprechende Andeutungen. Einerlei.

Hans blieb zwei Tage und zwei Nächte außerhalb. Irgendwo. Die Bilder waren in einem durchaus leidlichen Zustand. Nach dem gestörten Abendmahl bei Lena Lockvogel und Co, dem Mitternachtskaffee bei *Turf*-Zigaretten und lockeren Sprüchen eines entstörenden Zeit- und Mitleidensgenossen, wartete ich gestreßt ab, harrend der Dinge, die uns zugemutet würden. Der Strom wurde vom E-Werk abgestellt. Also konnte ich die Heizplatte für kochendes Wasser vergessen. Hans, konsequent in seiner Logik für Arme, zapfte die Hausleitung an. Elegant. Aber auf Dauer ging das eben auch nicht. Ich trug Zeitungen aus. Das war, gesamtdeutsch gesehen, leichter als Kohlensäcke schleppen. Kohlenklau spielte ich dafür je nach Angebot weiter. Miete war zum Monatsende angesagt. Unerbittlich.

Und dann war er wieder da, mein Künstler. Was die Bilder betraf, war er nicht einmal sonderlich ungehalten. Er hatte es nicht so eilig mit der Hochschule. Dann, nach umständlicher Befragung meinerseits und gewundener Beantwortung seinerseits, erfuhr ich den Grund. Hans war fündig geworden. Keine Sulamith mehr. Es war Sonya. Modell nach Maß und Geliebte des Herzens. Eine, nach seinem Bericht, vollendete Dame mit einer Wohnung im Gründerstil in der Waldemarstraße. Die Waldemarstraße, ich vergegenwärtigte es mir, lief *vis-à-vis* zur roten Umfassungsmauer des Bethanien-Krankenhauses, die wiederum parallel zur Grenzmauer lief. Sonyas Wohnung, ich wurde umgehend zum Tee gebeten, lag in der Beletage, war mit Heizung ausgestattet und einem unaufdringlichen Luxus, der ihrer noblen Sinnlichkeit als Naturrahmen diente.

Offensichtlich war sie finanziell und beruflich abgesichert. Ein Volltreffer. Sie wußte zudem ziemlich genau über bestimmte Zustände Bescheid. Auch über den meines Volkswagens, kannte seine Schweizer Nummer, die ungefähre Schneemenge, die ihn unkenntlich machte, und meinte, sein Parkplatz sei leider direkt neben dem Schrotthändler in der Kochstraße. Sie wüßte auch jemanden, der ihn, so wie er war, günstig kaufen würde. Sie stürzte mich ins Grübeln. Hans hingegen stürzte sich in die Arbeit. Er stieg auf Öl um. Und Leinwand.

Hans zog es zu Sonya. Mit Hingabe und Staffelei, Pinsel und Utensilien. Hans war auf der Flucht in die Hörigkeit. Als ich viel später einen Besuch ohne Voranmeldung und Aufforderung machte, vom Haus zum Hans waren es nicht einmal zwanzig Minuten, entdeckte ich für mich wieder ein Stück Stadt. Völlig neu, brandneu. Und ich glaubte doch, dieses Kreuzberg zu kennen. Es überraschte mich wieder.

Da las ich auf der Gartenmauer des Bethanienkomplexes, geschrieben in sauberen Druckbuchstaben, ein Gedicht des Poeten Giuseppe Ungaretti. Zuerst im Original: italienisch. Dann in der Übertragung von Ingeborg Bachmann:

Balaustrata di brezza
per appoggiare stasera
la mia malinconia.
Balustrade aus Wind
um heut abend
meine Traurigkeit
aufzustützen.

Die Namen der Autoren waren jeweils akkurat hinzugefügt. Ich las wieder und wieder. Hatte hier jemand die mystische Betroffenheit über die Ereignisse im fernen Dallas stellvertretend für die Menschen in Kreuzberg ausgedrückt? War das nicht eine poetische Demonstration für den Amerikaner, der sich vor dem Rathaus in Schöneberg als Berliner bezeichnet hatte? Also ein Gezeichneter, auch ein Kreuzberger. Unwillkürlich dachte ich an die Gültigkeit und Endgültigkeit des Wortes. Gesprochen und geschrieben. Stand am Anfang das Wort? Folgte ihm die Tat? Ich dachte an die Worte am Kreuz, an den Wortbruch, an Eidesworte, an das Machtwort, dachte an die Worte bei Belsazars Fest, jene, die über ihm an der Wand erschienen, jenes unheimliche *mene mene tekel u-pharsin*, das sein Ende weissagte. Wo sollte ich meine Gedanken aufstützen, fragte ich mich.

Die Antwort gab mir nicht viel später Sonya. Sie geizte nicht mit ihren Reizen, wie es so schön heißt. Und sie machte aus ihrer Sympathie für mich keinen Hehl. Ein schöngeistiger Zug weiblicher Güte. Eine festliche Hingabe an die Stimmung in der bewundernswert geschmackvollen Wohnung, das war meine Balustrade. Überall hing ihr Konterfei. Lächelte mir entgegen, gerahmt oder nur flüchtig und vorläufig eingefaßt. Hans hatte zugeschlagen. Kompakt, mit Pinsel und Priapus. Die Schöne bis ins dunkle Dreieck verfolgt. Mit Farbe und seiner Fertigkeit, fantasievoll, faunisch. In allen Stilen und Stellungen, Akt für Akt eine Wanderung durch Anagramme der Erotik. Hans, mein launischer Freund, faßte, kryptographisch orphisches Lebensgefühl verströmend, die Chancen beim Schopf.
Es gab Krimsekt. Es war Beerdigung und Geburtsstunde, jedenfalls eine Stunde Null. Sonyas Sozialpakt mit dem Leerstand der Kleinhirne. Ihre erotische Allmacht, meine Komplexe, meines Freundes Hörigkeit, das Ende des grausamen Novembers – ich kam mir wie verurteilt vor. Sah meine verbrannten Träume, die Kinder vom Moritzplatz hörte ich kreischen, Kirchen und Kerzen lodern, brausende Orgeldissonanzen. Sonyas Busen schwamm mir entgegen. Hans zeigte eine grinsende Grimasse. Ein Orgasmus ohne Lust, diese Dreieinigkeit nahe dem Bethanien-Krankenhaus mit französischem Flair.
Ich erwachte, in Teilabschnitten, gerädert bis in die Zehenspitzen, Nebelschwaden im Kopf, kleine Vulkane im Nacken, die bei jeder Bewegung Schmerzorgien ausspuckten. Messer steckten mir im Fleisch, Messer aus Starrkrampf. Zwischendurch glaubte ich Weihrauch geschluckt zu haben und zur aufgeweichten Hostie geworden zu sein. Oder war ich eine einzige Schluckimpfung? Nachts mußte ich von der Couch gerollt sein. Hans rüttelte mich

ins dröhnende Bewußtsein. Er stellte mich mit einem Catchergriff auf die Beine, hielt mich fest. Reichte mir einen Topf mit Kaffee. Wir wechselten nur Blicke, und auch die schmerzten.
Hans schickte mich unter die Dusche. Ich war ziemlich willenlos. Aber unter dem kalten Wasserstrahl kamen die Lebensgeister unter Protest zurück. Der Druck auf den Schädel ließ nach. Sonya war bereits irgendwo unterwegs. Hans werkelte an seiner Staffelei. Ich war absolut überflüssig. Zivilisation ist Benutzung der Materie Mensch, dachte ich angestrengt.
Dann stakste ich davon. Der angebrochene Morgen war glasklar. Die Kälte machte kurzen Prozeß mit mir. Ich dachte wieder rechtwinklig. Seltsam aufrecht und unter Beachtung der Verkehrsvorschriften ging ich jetzt durch die Naunynstraße, irgendwie ein anderer. Der Kiez wandte die Augen ab. Ließ mich stelzen.
Ich kaufte verlegen eine Rose für Sonya. Das war ich ihr wohl schuldig, sagten mir die Schmerzgefühle. Bei der Suche nach Kleingeld bemerkte ich dann, daß ich den Schlüssel zur Wohnungstür wieder nicht fand. Ich wühlte in meinen Taschen, in meinen Erinnerungslücken. Und ich hielt mich in der Folgezeit an der Rose fest. Hielt sie mit dem Papier vor mich wie ein Notsignal. Und es fehlte nicht viel, daß ich mich für einen echten Spätheimkehrer hielt, bereit zur Notaufnahme. Jeder von uns hat einen Doppelgänger, ich glaubte, meiner zu sein. Ich hätte mich keineswegs gewundert, mir selbst in der Naunynstraße zu begegnen. Ob ich mich gegrüßt hätte oder ob es mich gegraust hätte, mag dahingestellt sein.
Ich pfiff, wie Kinder im Wald alleingelassen. Und ich hörte eine bekannte Melodie: »Auferstanden aus Latrinen und der Zugluft zugewandt«, sang ich dazu. Mein Magen rebellierte.

Das war keineswegs mein Unglück. Es machte mich berechenbarer und auch beklagenswerter. Hunde machten einen Bogen. Der Mann auf dem Kutschbock mußte es auch bemerkt haben. Er hielt seinen offenen Bierwagen an. Die beiden Kaltblüter schnaubten fast belustigt. Es war Boris. Wir kannten uns. Der Bierwagen war ganz eigentlich leer, denn er hatte keine Bierkästen geladen sondern zweckentfremdet Kohlensäcke. Boris fuhr aus, fuhr für die Firma, für die ich gearbeitet hatte und demnächst einen Lkw mit Anhänger fahren konnte, wenn ich wollte.

Ich kaufte verlegen eine Rose für Sonya.

Boris war wie ich Beuteberliner. Wie er zu sagen pflegte: ein *Desertierter.*
Ich stieg mühsam zu ihm auf den Kutschbock. Die Reise ging los, zur nächsten Station, zehn Zentner-Station. Nachmittags hatte ich schon eine hübsche Summe beisammen. Trinkgeld plus Handgeld. Die Sonyarose erfror. Dafür fand ich den Hausschlüssel im Mantelfutter.
Sonya, so beschloß ich dann, bevor ich die Haustür aufstieß, sollte ein Bouquet von gelben Rosen per Zustellung bekommen. Ich traute mich nicht mehr, selbst zu ihr zu gehen. Das hatte aber nur indirekt mit Hans zu tun. Die erfrorene Rose, wie ein Symbol meiner Liebe, legte ich auf meine Schlafstätte.
Nur keinen Neid aufkommen lassen, sagte ich mir zurechtweisend, die Kehrseite der Medaille ist die andere. Damit wechselte ich in ein Selbstgespräch und wandte mich dem Spender zu, dem Wärmespender Kachelofen. In Gedanken aber verglich ich, wie hinter einem vorgehaltenen Fächer, Sulamith und Sonya. Wären sie Briketts, sagte mir mein Unterbewußtsein, perfide unanständig, wie ich mir eingestand, hätte ich sie im Bauch des Ofens verfeuert. Satanisches Abfackeln. Abscheulich.

Nachts träumte ich von Kaltblütern, die mit mir durchgingen.
»Weihnachten wiehert mich an«, schrieb ich in mein Tagebuch.
Ich fuhr den Lastwagen mit Anhänger voller Kohlen. Mein Kompagnon neben mir auf dem Fahrersitz war kurzsichtig, aber ein Bär an Körperkraft. Er schleppte teilweise mein Kontingent mit. Er sprach ein ausgeprägtes Berlinisch, mit Weddinger Akzent, das ich kaum verstand. Vor Heiligabend war dann Schluß. Wie von einem Bazillus befallen, veränderten sich die Leute. Selbst ihre Anatomie schien Verformungen unterworfen. Und doch war es

wohl ein Aufstand gegen die schleichende Depression. Ein Weihnachten vor Mauern, die sich auch in der Psyche bemerkbar machten.
Hans blieb aus. Leitungen froren ein, Zuleitungen barsten. Wasser wurde rar. Die Kneipen wurden zu laut. Man versuchte etwas zu übertönen. Der Bunte hatte sich offenbar entleibt. Die Kälte hielt durch. Balustraden aus Schneewehen baute der Wind vor den Eisblumen der Fenster. Lichter kämpften hinter den Scheiben, jedes wie ein Sterntaler.
Das Ende nahte unaufhaltsam, das Ende des Jahres. Es stellte alles auf die Probe, uns alle, unerbittlich.
Mich hatte das provisorische Postamt in der Ritterstraße informiert. Die Sippe in der behüteten Hüteburscheninsel Schweiz ließ sich nicht lumpen. Ein Paket wartete. Ich machte mich auf. Nach Erledigung der notwendigen Formalitäten trabte ich zurück. Winkte den Vermummten zu, die gegen den schralenden Wind segelten, rief Parolen in Ruinen, klammerte mich an die Paketpappe wie an eine Schwimmweste, fand mich auserwählt und hätte am liebsten zum Fest der Liebe alle eingeladen.
Ich blieb allein. Einsam mit den kleinen Freudenfeuern der Geschenke. Weihnacht, eine Mischung aus Wahnsinn mit Methode, einem Schuß Sektiererei, einer Dosis Exorzismus.

Zwei Tage vor Silvester klopfte es an der Tür. Es war Hans. Er hatte den Schlüssel verlegt, verloren, vergessen. Hans, beladen mit seiner Staffelei und den üblichen Gerätschaften, bat um Einlaß. Es war nicht ohne Komik. Auf meine beiläufige Frage nach seinem Supermodell Sonya antwortete er, nicht ohne Tadel an der gespielten Gleichgültigkeit meines Auskunftwunsches: »Geschenkt!« Die Verhältnisse waren eben nicht mehr so. »Verände-

rung ist die Belebung des Geschäfts«, meinte Hans grimmig. Er hatte, wie ich nach und nach erfuhr, Nabelschau gehalten. Hatte es nicht mehr ausgehalten, hatte sich getrennt. Die meisten Bilder hatte er ihr gelassen, überlassen, einige verkauft, einige, weniger aufregende, vernichtet. Vom Grappa aus dem Tessin war noch reichlich vorhanden. Das machte Hans gesprächiger, machte ihn seliger und redseliger. Er war der Meinung seiner orthodoxen Ahnen, Weihnachten sei sowieso erst am Dreikönigstag, dem 6. Januar. Also feierten wir brav calvinistisch.
»Widerspruch ist der einzige wahrhaftige Zuspruch«, rief Hans emphatisch, breitete die Arme aus und fuhr priesterlich fort, »unser Loch hier ist die Festung der Freundschaft. Löcher sind das Wichtigste am Menschen, besonders bei Menschen in Notwehr. Halle an der Saale, Halleluja!«
Damit gab ich mich im Verlauf der Feierstunde nicht zufrieden. Als ich auf dem Thema Sonya insistierte, verkündete Hans im Ton eines Winkeladvokaten: »Die war auf mich angesetzt. Von denen drüben. Wir stehen doch auf der schwarzen Liste, wir alle. Auch du natürlich. Und die wissen mehr von dir, als du von mir.«
»Wieso bist du so sicher?« fragte ich.
»Mein Lieber! Dafür habe ich ein – wie soll ich das nennen – ein hochsensibles Alarmsystem. Gebranntes Kind riecht den Rauch, ohne das Feuer zu scheuen.«
»Da ist was dran«, sagte ich, »aber . . .«
Hans unterbrach mich nervös. »Moment – mir fällt es wie Schnee von gestern von den Augen. Fast auf den Tag genau haben sie den Studenten Wohlfahrt, jawohl, so hieß er, Dieter Wohlfahrt, an der Grenze zu Staaken im Westen Berlins erschossen. Blutiger Dezember.«
»Und warum? Einfach so erschossen?«

Hans unterbrach seinen Zimmermarathon. Ein gewisser Hohn lag in seiner rauchigen Stimme. »Er war einer der ersten Fluchthelfer. Einer von denen, die anderen den Weg in den Westteil der Stadt öffneten. Unter Einsatz ihrer Freiheit . . .« Er brach ab. Seine Stimme wurde zu einem Flüstern, erstickte.
»Und unter Einsatz ihres Leben«, ergänzte ich.
Stille. Etwas wie Stillhalten. Innehalten . . . Wir sahen uns fast erschrocken an.
»Das war eine Gedenksekunde«, hörte ich Hans wie von einem anderen Stern sagen.
»Stille der Heiligen Nacht«, hörte ich mich mit fremder Stimme antworten.
Hans zerriß wie in Trance eine Kohlezeichnung. Ein Rückenakt Sonyas. Die Fetzen flatterten wie Papierblumen auf einen imaginären Hügel frischer Erde. Sequenz der Leere, nicht ohne filmische Beimischung.
Er lieferte die Grabrede, wie im Drehplan vorgeschrieben: »Sie hatte die christliche Tour der Partei von ganz linksaußen . . . *S* wie Sonya, *E* wie Erektion, *D* wie Daumenschrauben. Wahrscheinlich hat sie jeden Erguß minutiös, maliziös, tendenziös aufgelistet. Ob er nun rhetorisch war oder muskulär. Wir werden ihnen, wie es der Mein-Gott-Walter-Bonze sagt, eines Tages wie ein reifer Apfel in den Schoß fallen. Aber vorher lasse ich mir noch etwas einfallen.« Hans hob das Glas mit dem Grappa.
Ich nickte nur. Aber wir waren einer Meinung über Apfel und Schoß. Jeder auf seine Weise und nach seiner plastischen Vorstellungskraft.
Unter dem Eindruck der Übereinstimmung bastelten wir bunte Tüten, in die wir vom reichlich vorhandenen Gebäck der Schweizer Zuwendung Zuteilungen abzweigten. Anschließend

gingen wir durch die dunklen Hausflure und stellten sie vor die Wohnungstüren der Mitmieter. Wir waren den Leuten kaum einmal begegnet. Anonymität sollte aber jetzt kein Hindernis sein. Es waren meist betagte Ehepaare, die selten genug aus ihren Wohnhöhlen krochen. Gezeichnet von Bombenterror und Kaltem Krieg.

Dann erzählte ich Hans vom Schicksal des *Bunten*, den ich schon eine ganze Weile unter der Typenvielfalt der Straßenszene vermißte. Hans zündete sich eine Zigarette an. Dann wanderte er wieder durch den Raum. Kratzte mit dem Spachtel an den Eisblumen.

»Vorausgesetzt, es trifft einigermaßen zu, was dieser Monsieur Couleur ins Unreine gesprochen hat, dann könnte er bereits ziemlich sprachlos unter einem Kreuz-Berg liegen. Oder in Bautzen sitzen und da in Sonderhaft seßhaft werden. Intelligenzler, besonders die, die sich mit dem System der Systematik eingelassen haben, auf einen Flirt mit denen also, die Eigentum zu Diebstahl erklären – die werden eingeschläfert und abtransportiert. Der Typ, dieser Bunte, wird versucht haben, seine Angehörigen über die Absperrung nach Westen zu holen. Ganz klar. Und, wie ich das nach deiner Beschreibung nachvollziehe, wahrscheinlich durch den Abwasserkanal unter der Alten Jakobstraße. Bisher, das weiß ich ziemlich genau durch meine Zuträger, sind etwa hundert durchgekommen, und das ist der Witz an dieser nicht gerade geruchsarmen Waterei, in Stiefeln, Gummistiefeln vom Senat.«

Ich lachte vorsichtig.

»Wie ich dir sage«, ergänzte Hans, »Stiefel vom Innensenator Lipschitz geliefert. Nun bist du dran.« Er machte eine Pause.

»Er könnte dabei gefaßt worden sein?« wagte ich einen Einwand.

Hans machte einen langen Zug, ließ den Rauch genießerisch durch Mund und Nase quellen, zuckte die Schultern, wanderte und stärkte sich mit einer Portion Bündnerfleisch, roh vom Teller. Drückte dann den glimmenden Rest der Zigarette mit Daumen und Zeigefinger aus. »Es tut mir leid um die Stiefel«, sagte er auf seine ironisch-politische Tonart.
Die Kerzen tropften, tropften Wachstränen auf Sonyas Rundungen am Boden. Keine Frage, Hans hatte Schwielen auf der Seele, wie ich an den Händen. Wir lehnten uns, wie so oft, an den alten Kachelofen. Ein väterliches Relikt. Im Stehen schliefen wir ein.
Silvestervormittag kauften wir Böller, Knallfrösche, Raketen. Mit dem letzten Geld. Danach ging Hans seiner Wege. Ich vermute, er besuchte Sulamith, die er so vernachlässigt hatte.
Mich zog es im alten Jahr nochmal zur Bethanienmauerlyrik. Im Geiste sah ich Ungaretti und die Bachmann vor mir. Ich erklärte beide zu Ehrenbürgern von Kreuzberg. Sie nahmen an.
Dann trieb es mich doch zu Sonyas Domizil. Im Hausflur unten stand auf ihrem Briefkasten ein fremder Name. So ist das mit der Liebe, mit dem Verrat, der Täuschung.
Nachts brach der Bürgerkrieg aus, es wurde aus allen Rohren gefeuert. Berlin erlebte seine Einvernahme, seine Auslieferung durch und an die Monster des Lärms. Das sogenannte Neue Jahr trat auf der Stelle. Glocken wuchteten ihre Erztöne in die perforierte Luft, Flocken trieben Brandgeruch durch die Wüste des Stadtspektakels. Der kollektive Aufschrei vereinte. Dazwischen die Sirenen von ambulanten Stationen. Das waren Tollhausgelüste. Ich rannte los. Warf mich in den Schnee, schutzsuchend, als neben mir Flammen zuckten. Wie konnte diese Hölle so hemmungslos sein. Ich hetzte zurück. Abreisen, dachte ich nur, Koffer packen, Ballast Berlin über Bord werfen.

Endstation. Hans, mein Satyr, mein Pan, mein Pitbull, fing mich Hereinstolpernden ab. Sein breites Grinsen roch nach Schwefel. Sein Schalk war hochmotiviert. Und die Schmalspurbestie in ihm verlieh mir merkwürdigerweise neuen Mut. Wir hatten drei Monate keine Miete bezahlt, ein Grund, dachte ich, mich beruhigend, zu bleiben.

»Geht es dir gut?« fragte Hans.

»Warum fragst du?«

»Woran denkst du, kurz vor der Wende des Jahres?«

Ich zögerte. Dann sagte ich: »An den Geruch der Tage, wenn der Schnee, das Eis abtaut.«

»Weil dann das saubere Städtchen Kreuzberg, einst bevorzugter Wohnort der oberen Zehntausend, bestialisch nach Hundedreck stinkt. Wir leben dann in Kreuzkot. Ein Grund, den Berg zu wechseln. Nach Schöneberg zum Beispiel.«

Während dieser Ausführungen wuchtete Hans mit Bedacht eine Bohle des Dielenbodens an, stemmte sie geschickt zur Seite und fingerte aus dem Schutt einen sorgsam umhüllten Gegenstand, den er ebenso vorsichtig aus der Verpackung schälte.

»Meine Silberbüchse«, lachte er. Soviel ich beurteilen konnte: eine gepflegte Waffe, eine Art Repetiergewehr.

Mein Staunen störte ihn. »Waffenbesitz ist nach dem Kontrollratsgesetz verboten. Weiß ich doch, Burschi. Wird per Haft streng geahndet. Total untersagt. Aber – mein Feuerwerkskörper zu Silvester. Allzeit bereit!«

Dabei öffnete er gelassen einen Fensterflügel, es gelang ihm problemlos. Er warf eine Nebelkerze hinaus. Der Wind trieb ihre Brühe in halber Höhe Richtung Sichtblende. Hans legte an. Sein Gesicht zeigte große Konzentration.

»Freies Schußfeld«, hörte ich ihn murmeln.

Dann schoß er. Schoß mit ungeahnter Sicherheit die trüben Lampen, die Birnen der baumlangen Bogenlampen, jener unheilvollen Mauerfestbeleuchtung, entzwei. Akustische Deckung verlieh ihm die Silvesterdröhnung beider Stadtseiten. Die Kette der Beleuchtungsanlage erlosch, im Sekundentakt. Hans schoß wie aus einem Maschinengewehr.

Drüben auf dem kaum auszumachenden Wachtturm Alarmstufe eins. Aber das Risiko der Entdeckung war für den Schützen gering. Ein Kunstmaler gegen den Rest der Welt des real-existierenden Provinzialismus.

Hans schloß das Fenster. Lachte, tanzte, schwenkte seinen Schießprügel. Es war Mitternacht. Wir stießen an, stießen zusammen, stießen uns vorwärts in die alte Zukunft.

»Bei meiner Ganovenehre«, sagte Hans, »das war ich ihr schuldig.« Er versorgte seine Waffe, kunstgerecht.

Untergehakt gingen wir zu Sulamiths Laden.

Tage später das übliche Ritual bei derartigen Zwischenfällen. Die Ostpresse schrieb von einer weiteren Provokation an der Friedensmauer durch kapitalistische Kriegstreiber. Die Provokationen wurden aktenmäßig geführt und bekamen eine Nummer. Hans bekam Nummer hundertundelf. Die Westpresse druckte die Ostnachricht natürlich nach. Unter ganz anderen Vorzeichen, versteht sich.

Ich war mir sicher, daß das nicht die letzte Herausforderung meines Freundes an die Adresse der Machthaber des Arbeiter- und Bauernstaates war, des Paradieses der Werktätigen und Kulturschaffenden. »Meine Stacheln sind deren Propagandaventile«, meinte der Urheber des subversiven Skandals, »wir ergänzen uns doch. Leben voneinander ein bißchen, ohne miteinander leiden zu müssen. Ergo.«

»Logo«, tönte ich lässig. Es war zu nachlässig, als daß mich Hans nicht mit einem Seitenblick strafte. Es war schon mehr ein Seitenhieb.

Im April fand ich Arbeit bei einem Senatsbetrieb. Ich zog auf die postalische Grenze von Schöneberg und Wilmersdorf. Blieb also ein Grenzgänger.
Hans war nach Charlottenburg ausgewandert. Mit seinem Talent und der mehrfach ramponierten Staffelei. Das Domizil in Kreuzberg hatte er behalten. Als Reservatenkammer, wie er es nannte. Und er würde sie, so das Geständnis beim späten Bier, bis zur letzten Kugel verteidigen, wenn es die Frontstadt Kreuzberg von ihm verlangte.
Mich zog es in die Kohlfurter Straße Kreuzbergs. Die Gewichte hatten sich verlagert. Die nächtliche Heimfahrt war eine stille Prozession von passionierten Protestlern. Mein Auto fuhr Karin, sie trank weniger als ich. Und sie zog zu mir. Nach langer Überlegung. Ich ließ ihr Zeit. Sie war Bauzeichnerin. Wir hatten den schweren Winter gemeinsam überlebt. Das vereint. Sie wohnte ursprünglich nahe der Sichtblende der Dresdner Straße. Gingen wir dort spazieren, fühlten wir uns wie angeschmiedet. Unsere Schritte wurden schwer. Sie meinte Gewehrläufe im Anschlag auf sich gerichtet zu spüren, ich dachte an die gescheiterte Flucht eines jungen Paares im Schatten der Thomaskirche. In Häuserwänden diesseits fand man Projektile. In einer ehemaligen Schmiede in einem Hinterhof der Waldemarstraße suchten wir Erfahrungen jüngster Vergangenheit aufzuarbeiten.
Karins Bruder hatte hier sein Studio eingerichtet, er war Fotograf. Immer umgeben von einer Schar Mitarbeitern. Aber man fand Aufnahme, Zuflucht, Zuwendung. Hier hatte sich so etwas wie

eine Selbsthilfegruppe geschädigter Kreuzberger gebildet. Raum der Rehabilitation. Es gab keine Sperrstunde, aber kleine Sternstunden.
Dennoch blieb die Pinte in der Kohlfurter Treffpunkt des allgemeinen Alltags. Was früher bei Sulamith Heimat fand, traf sich mehr und mehr hier. Nicht zuletzt Touristen, um sich Originale zu Gemüte zu führen. Fotos zu machen, Souvenirs zu erstehen. Lucia nannte sich dieses verwegene Etablissement. Kein Geringerer als Friedrich Schröder-Sonnenstern präsidierte am Stammtisch. Mahnmal der Malergilde.
Und war es nicht Staatspräsident Georges Pompidou, Frankreichs Mäzen, der, als man ihn nach einem ihm bekannten deutschen Maler der Gegenwart fragte, eben nur dieses Kreuzberger Idol nannte und kannte. Das spricht nicht gegen Frankreichs *number one*, aber für Berlin.
»Wenn das stimmt«, sagte Karin kühl, »lerne ich ab morgen Französisch.«
Es stimmt. Sie lernte. Und verließ mich. Auf französisch.

Käptn Bilbo und andere Piraten

Der Gott, der bekanntlich auch Eisen wachsen ließ, die Einsamen behütet und mit Zuneigung bedenkt, hatte Anfang Mai in Wilmersdorf blütenweißen Schnee herniederrieseln lassen. Ein himmlischer Einfall, Flocken in Handtellergröße. Ein absurdes Wunder seiner Unerforschlichkeit. Plötzlich Neuschneeland ringsumher. Als am nächsten Tag das federnde Leinentuch der Auflösung entgegenrann, die kunstvollen Kristalle sich zögernd zu Wasser wandelten, gab es ein Neuseeland in Wilmersdorf. Unergründlich unerquicklich, und das fast augenblicklich.

Die Stadt roch streng, streng und angestrengt. Verborgene Tretminen der doch amtlich erfaßten Hundehorden kamen zum Vorschein, verbreiteten dieses Parfum immenser Zudringlichkeit, bis zur Gotteslästerung. Die Grainauer Straße, die auf den Nürnberger Platz mündet, dort, wo vor Jahren der junge Brecht mit Helene Weigel kampierte, nannte ich *Kot Azur.* Die Grainauer brachte mich zum *Dreigroschenoper*-Autor – dessen Song-Texte ich ausnahmslos rezitieren konnte, mit dem Anflug der entsprechenden Melodie. Vorher eine Marotte, nun eine Palette. Was half jedoch das gegen die Maigruftluft. Ein Odeur, das sich mit akribischer Hinterlist festsetzte. Ich dachte urplötzlich an Harald Kreutzberg, den Gestalter des mimischen Solotanzes, den ich in Bern kennengelernt hatte, wo er eine Ballettschule betrieb und immerzu eine Wolke des Wohlgeruchs verströmte.

Was Gerüche bewirken. Phänomenal. Aber hier und heute war eben Wilmersdorf. Westberlin ohne Festungsmauer. Ein anderes Volk, eine andere Rasse, eine andere Mentalität. Man spürte auch die Nähe des Schöneberger Rathauses und des Regierenden Bürgermeisters Willy Brandt. Und wie lautete ein Türkenwitz, den ich hier in Wilmersdorf hörte: Wie heißt der höchste Berg der

Türkei? Antwort: Kreuzberg. Er verfolgte mich. Ein anderer ging so: Aus dem Motor eines Busses schlagen Flammen. Der Fahrer springt aus dem Fahrzeug, reißt die Türen auf und schreit: *Alle Mann aussteigen!* Auf der Rückbank bleiben dichtgedrängt Fahrgäste hocken. Der Fahrer schreit: *Alle Mann sofort raus! Aussteigen!* Worauf einer in gebrochenem Deutsch antwortet: *Wir nicht Aleman, wir Türken!* Bruchstücke einer Befindlichkeit, Bausteine einer Aggression?

Wie angedeutet, die Grainauer 11 war mein Abstellgleis geworden. Unten gab es die *Kleine Kombüse*, ein unauffälliges Lokal, die Wirtin ohne Allüren, still, bescheiden. Sie klärte mich auf: früher sei dieses Etablissement ein besuchtes Kabarett gewesen, mit bedeutenden Akteuren. Ob Brecht dabei war, wußte sie nicht, aber Kästner, Bierbaum, Gründgens, Hans Deppe.

Ich wurde hellhörig. Woher hatte sie das? Aber schon 1932, so Wirtin Wanda weiter, kamen die braunen Straßenfeger, störten und verstörten mit der Begründung, »jüdische Scheinkunst-Clubs zu desinfizieren«. Sogar der Gauleiter von Berlin Joseph Goebbels bemühte sich. Mir fiel auf, daß sie den Begriff *Gauleiter* mit einem gewissen Schlenker versah, so daß man *Gaul-Eiter* zu hören meinte. Das hatte Aroma. Trotzdem, konnte man ihr glauben?

Schwingen einer Redewendung streiften mich: Lügen sind die Poesie des Alltags! Die Reaktivierung einer ähnlichen Art von minimalem Musentempel schoß mir durch den Kopf, eine *idée exceptionnelle*. Wie zur Probe schwang ich mich auf einen Hocker und rezitierte Walter Mehring:

> Kommt der erste Frühlingstag an,
> Wird so schwach een'm,
> Und denn macht man

Raus auft's Kaff.
Wenn sich aus de sand'gen Kuhlen
Blätter puhlen,
Würmer spulen,
Stehste baff!
Und dann liegt man sich zu aal'n, wo
Mang die kahlen
Letzten Häuser,
Gottes Mühlen
Langsam mahlen . . .

Beifall, schlaff, aus Qualmwolken, Rauchfahnen. Allerdings gesponsert von der Wirtin. Mit Handkuß schmückte ich meinen Abstieg nach oben. Denn in der Folge, im Management von Wirtin Wanda, wurde ein Demonstrationsprogramm der Deklamationen erstellt. Die *Kleine Kombüse* profitierte, und das Handgeld half meiner Frechheit. Ich betrachtete die Chefin des Etablissements als eine zur Mai-Madonna mutierte Mitschuldige des Erfolgs. Für mich im besonderen war das wie der erste Frühlingstag im mittleren Westen West-Berlins. Zu verdanken hatte ich diese ganze Entwicklung der Kostümbildnerin Ellen, Gasthörerin an der Hochschule der Künste. Sie sprach mich beim Eintopf in der *Kombüse* an. Wir kamen ins Gerede. Es endete mit einem Untermietvertrag bei ihr. Schon die Nacht, als wir das besprachen, verbrachte ich in ihrer Altbauwohnung im 5. Stock. Stocknüchtern. Grainauer – mir läuft noch heute der Schauer vor der menschlichen Mauer über den Rücken. Ellen war vergeben. Und wie. In Treue fest. Ausnahmen bestätigen die Regel, Fragezeichen. Ich konnte es akzeptieren. Wer sich nicht ändert, sagt eine Sentenz, bleibt sich nicht treu. Für alles gibt es einen Spruch, nicht zuletzt aus der Bibel.

Ellen, das sei neidlos anerkannt, regierte dank einer fabelhaften Organisation über die Mieter ihrer Räumlichkeiten. Es war ein für diese Jahre noch nicht übliches Modell einer Wohngemeinschaft. Ohne Zweifel war Ellen die Vorreiterin.
Morgens strömte man zum Frühstück in das Kaminzimmer. Jeder brachte seinen Anteil zum frugalen Mahl. Dann bestimmte Ellen, mit Freundlichkeiten und einem ungezwungenen Lächeln, den allgemeinen Tagesrhythmus. Man duzte sich, blieb sich aber fremd und nicht ganz geheuer. Und jeden Morgen glaubte ich, neue Gesichter zu sehen. Immer männliche, mit und ohne Bart, mit und ohne Appetit. Eine seltsame Gesellschaft, Westwilmersdorf, Wildwestberlin auf dem Dorf. Nachrichten wurden ausgetauscht, Wertsachen getauscht. Und dabei fiel mir ein, daß man unten bei Wirtin Wanda sein Bier auch in Ostmark zahlen konnte. Ich kam ins Grübeln und zu keinem Ergebnis. *Honi soit qui mal y pense.*
Bald vermietete ich eins meiner beiden am langen Flur gelegenen Zimmer. Der Neuzugang war ein Student aus Homburg. Die Tapetentür, die beide Zimmer verband, blieb geschlossen. Neben meinem lag das Bad. Lag jemand in der Wanne, mußte er sie hinterher säubern. Sauberkeit war hier erste Bürgerpflicht.
Ellen hatte ihr Atelier vom Kaminzimmer durch Vorhänge abgetrennt, eine Augenweide. Sie schneiderte, änderte, entwarf. Ihr Auftragsbuch war gefüllt. Ihre Autorität anerkannt, nie in Zweifel gezogen. Frauen, so schien mir, sind doch die besseren Männer oder die besseren Diplomaten. *Comme il faut.*

Gab es eine Art Seilschaft zwischen Wanda und Ellen? Ich zog es vor, meinen Job zu erledigen und wurde als Rezitator eine ständige Einrichtung.

Tagsüber transportierte ich den alten Leuten im Haus – es schien sonst nur von Rentnern bewohnt zu sein – Einkaufstüten zu den Wohnungstüren oder fuhr sie, gegen eine freiwillige Entschädigung, zu einem Arzttermin. Meine soziale Variante.
Die Sonnenstunden sahen mich nachmittags im offenen Fenster sitzen. Ein lichthungriger Rahmenrübezahl. Meine Fenster im Seitenflügel des Gartenhauses, wie der Berliner die Anbautrakte niedlich umschreibt, flankierten die übliche Bilderbuchkastanie. Zwei Stockwerke tiefer, Hofseite des Vorderhauses, saß in gleicher Position eine junge Dame, maienlichtumflutet. Denkmalgeschützt, stellte ich für mich fest. Und sie stellte einiges zur Schau, anregend, erregend. Meine Blicke bissen ein Monogramm in ihre getönte Haut. Und sie wußte, daß sie gesehen wurde. Von mir. Selbst Hans, mein stummer, unsichtbarer Zeuge, war mir im Moment vollkommen gleichgültig. Hans, der sich nicht meldete, irgendwo in Charlottenburg Cafés, Kneipen, Pinten, Restaurants ausmalte und damit zweifellos seine pekuniären Probleme löste. Mein Problem saß zwei Stockwerke tiefer, im rechten Winkel. Und hatte Nietzsche nicht verkündet: Lebe rechtwinklig! Ich sagte zu Nietzsche: Liebe rechtwinklig!
Als hätte sie es gehört, drehte sie den Blondschopfkopf, wie zufällig. Ich merkte die Absicht und war nicht verstimmt. Wir gaben die entsprechenden Zeichen. Und diese Komposition von Frau stand in weniger als einer halben Stunde vor der Tür. Sie ließ mir keine Zeit, Komplimente anzubringen. »Du bist der Neue«, tönte sie und gab damit kund, daß ich im Gespräch war.
»Du kennst mich von der Kombüse?«
»Keineswegs, die ist zu verqualmt!« Sie lachte, kam herein. »Weißt du«, schob sie die Erklärung nach, »ich bin militante Nichtraucherin. Nikotinflecken sind mir ein Greuel!«

Ich schaute sie fragend an.
»An Fingern, zum Beispiel.« Sie nahm meine Hände, prüfte, war zufrieden und legte sie auf ihre Hüften. Wir verschmolzen zu einer griechischen Plastik. Nichts unterbrach die Stille. Ellen erledigte Aufträge. Mein Untermieter war unterwegs auf dem Kudamm, um den Mann mit dem Adler auf der Schulter zu fotografieren. Und um die um den Hals mit einer Schnur befestigte Konservendose mit einer kleinen Spende zu füttern. Auf einem Pappschild am Revers wurde den Touristen in Sütterlinschrift mitgeteilt, daß dieser gezähmte Adler den Geier in dem Ufa-Film *Die Geierwally* (mit der Hatheyer) gespielt hatte. Hollywood in der Provinz. Beide, Adler und Besitzer, wohnten in der plombierten Chinesischen Botschaft am Kurfürstendamm. Wie es den beiden gelang, in der Enklave Maos zu hausen, blieb gefiedertes Rätsel. Alles sehr werbewirksam. Und auch, halten zu Gnaden, ein bißchen kriminell.
Mein Mai-Käfer sagte plötzlich: »Ich stehe unter Waschzwang. Du hast eine Wanne? Und ist die frei?«
Ich nickte überrascht.
Dann begab sich Mademoiselle in das Badezimmer, ließ Wasser einlaufen und legte Scheu und Kleider ab. Ehrlich, ich war überwältigt. Sie war ein Kunststück, ein Stück Kunst. Makellose Proportionen. Nach ihrem Spiel mit den schaumigen Wellen legten wir uns auf meine Matratze. Frank und frei. Die durchs offene Fenster strahlende Sonne muß geglaubt haben, daß sie in Griechenland sei, im antiken Hellas. Angesichts des nackten Ebenmaßes neben mir geriet ich nicht nur ins Schwärmen, ich grub das Wort Dehmels aus, das ich wie unter Zwang zitieren mußte:

> Wie man würdig Kunst empfängt?
> Wenn man würdigt, was sie schenkt!

»Was willst du damit sagen?« fragte jene, die für mich den gewöhnlichen Alltag ungewöhnlich verzauberte.
»Daß du dich mir schenkst«, antwortete ich leise und versuchte, meine Zärtlichkeiten zu erproben. Es war mir nach vergeblicher Mühe klar, daß ich sie anfassen durfte, aber nicht berühren. Im Laufe der Zeit zeigte sich, welchen Einfältigkeiten ich aufsaß.
Astrid lebte nicht nur mit dem Waschzwang, es war auch mein VW-Käfer mit dem geteilten Fenster, der mich für sie interessant machte. Ich versprach, auf der Avus mit ihr privat und unter Mißachtung der Vorschriften zu üben und machte zum Beschluß unseres Sonnenbadens den Vorschlag, zu Gottfried Benn zu gehen. Wer das sei, fragte sie, die Kleidung überstreifend. Er sei einer der Ärzte, die leichte Mädchen kostenlos behandelten.
»Ich bin gesund und nicht leicht«, behauptete sie, entschieden verärgert.
»Es handelt sich um einen Spaziergang«, versuchte ich zu beschwichtigen. »Doktor Benn ist 1956 gestorben, und wir könnten auf dem Weg zum RIAS die Erinnerungstafel an seinem Haus lesen.« Als Endpunkt, um dann zurückzuschlendern.
Sie würde lieber ins *Kranzler* gefahren, zum Tee, war der Gegenvorschlag. Bitte.
Später ein gewaltiger Sonnenuntergang, spezielles Angebot des Gottes, der Berliner sein muß.
Astrid beugte sich vom Beifahrersitz zu mir herüber, nicht um mir im Angesicht des himmlischen Naturschauspiels näher zu sein, sondern um das Lenkrad zu handhaben. Logisch. Ihr einsichtsvoller Busen bot meinen Augen erregende Aussichten. Meine Hand ruhte auf ihrem Schoß, wenn ich den Gang eingelegt hatte. Es erfolgte allerdings keinerlei Reaktion, wenigstens nicht ihrerseits. Und ich war doch der Überzeugung, daß der

Rausch der Geschwindigkeit auf einer ehemaligen Rennstrecke von Weltruf erotische Spannungen zu potenzieren, geradezu zu erzeugen imstande wäre. Nichts.

Das Ende einer Lehr- und Dienstfahrt. Ich fuhr retour. Sie erbat sich weitere Zusagen, denen ich nur vage begegnete. Vom phänomenalen Sonnenuntergang war ihr nichts in Erinnerung.

Mit dem psychologischen Einbahnstraßeneffekt im Gepäck konsultierte ich Ellen. Ihr freundliches Fazit: »Astrid ist von der Insel Lesbos. Du weißt, was ich meine. Und so sind wir Insulaner, und auch noch ganz anders.« Und mit fraulichem Charme fügte sie hinzu: »Großstadtmiezen sind auf ihre Abart auch Raubkatzen.« Dann ging sie ins Atelier.

Leicht überfordert und verwirrt, ernüchtert und um eine Erfahrung belasteter, beschloß ich, mich in nächster Zukunft um den untergetauchten Hans zu kümmern. Zerstreut vertiefte ich mich in das politische Manifest des Genossen Majakowski. Ich las sein dramatisches Poem *Gut und schön.* Majakowski war gern in Berlin und soll, hörte ich später, hier in Bewunderung für den jüdischen Berliner Schauspieler Max Pallenberg seine Satire *Die Wanze* geschrieben haben. Gut und schön für Berlin. Und doch beging er in seinen besten Jahren Selbstmord. Das alles ließ mir keine Ruhe. Ich eilte zurück zu Ellen, der Rätselhaften. Sie sollte sich mir jedenfalls über Astrid offenbaren. Vieles stand für mich im umgekehrten Verhältnis.

»Astrid hat mir gesagt«, begann meine Unterhaltung, »daß ihr totales Idol, Brigitte Bardot, auch eine politische Ader hat. Sie gab dafür ein Beispiel: Walter Ulbricht sieht einen Film mit der Bardot, ist hin und weg, lädt sie nach Ostberlin ein. Fürstlicher Empfang, feudales Abendessen, französische Küche, Champagner. Leise fragt der Gastgeber: Haben Madame noch einen Wunsch –

ich werde ihn erfüllen! Die Bardot: Monsieur Staatsratsvorsitzender, öffnen Sie für fünf Minuten die Mauer. Da soll der Große Vorsitzende mit dem Finger gedroht haben: Gnädigste, Sie wollen wohl unbedingt mit mir allein sein, wie?!«
Pause.
Ich betrachte Ellen gespannt. Sie sieht mich an, aufmerksam. »Macht dir das Schwierigkeiten?« Ich bin verlegen. Mache mich auf in mein Zimmer. Ellen folgt mir, legt die Hand auf meine Schulter. Ich wende mich ihr zu. Sie küßt mich.
»Nimm das als Ersatz«, sagt sie und wischt mir Farbspuren ihres Lippenstifts vom Mund. »Wirfst du den ersten Stein?«
Pause.
»Das ist mir zu hoch«, gab ich zu verstehen und küßte sie.
Pause.
Wieder tupfte sie Rouge von meinen Lippen, ausdauernd. Ging es hier um eine Wiedergutmachung? Ich hielt still. Raffte mich dann auf, ging in mein Zimmer. Was wird hier gespielt. Das fragte ich die Kastanie, die durch die Scheiben winkte. Und bekam keine Antwort. Der Mond stand über dem Haus.
Am übernächsten Tag die Sensation. Zwei junge Burschen aus der DDR durchbrechen die gesicherte Staatsgrenze. Mit einem gestohlenen Lastwagen, den sie mit Eisenplatten zu einem Panzerwagen umgebaut haben. Sie rasen mit Vollgas auf den Kontrollpunkt Heinrich-Heine Straße zu. Der Schlagbaum zersplittert. Die Kugeln pfeifen ihnen um die Ohren. Sie kommen durch. Filmreife Dramaturgie, ein deutsch-deutsches Drehbuch. Am Moritzplatz kommen sie zum Stehen. Tumult. Polizei, Feuerwehr, Kameras. Jubelnde Menge. Interviews, Fernsehen, Schlagzeilen in den Nachrichten der Rundfunkstationen und der *Abend*-Ausgabe. Empfang im Schöneberger Rathaus. Und

Begrüßungsgeld, Prämien, Einladungen, Musik, Karnevalstimmung.
Und Stunden später, nachdem wie ein Lauffeuer die Flucht aus dem Osten den Westen der Stadt aufgewühlt hat, erscheinen sie, Bernd und Manfred, bei Ellen. Bei uns in der Grainauer. Zwei Burschen, Mauerbrecher, liegen sich in den Armen, wiegen sich auf den Wellen der Bewunderung, Sympathie, Politik. Endlich wieder Helden.
Endlich war der makabre Mythos dieser Monster-Mauer besiegt. Gebrochen, gesprengt. Zwei sympathische Exemplare des ersten Arbeiter- und Bauernstaates auf deutschem Boden hatten dem Paradies der Werktätigen den Rücken gekehrt. Drüben drohte man via Presse und Funk mit einem Prozeß gegen die jungen Verweigerer. Der Lastwagen sei gestohlenes Volkseigentum, ebenso die Stahlplatten, gestohlenes Eigentum des Volkes. (Dabei war nach der Ideologie der DDR Eigentum Diebstahl.)
Auf westlicher Seite zeigte man mit dem juristischen Finger auf die Projektile in Häuserwänden westlichen Territoriums. Im Grunde sei es eine flagrante Verletzung der bestehenden internationalen Normen. Der Schußwaffengebrauch im Grenzbereich eine Bedrohung von Leib und Leben unbeteiligter Bürger. Auf beiden Seiten.
Und in Windeseile verbauten Beton-Brigaden die gerade Strecke des Übergangs Heinrich-Heine-Straße zu einem Schlingerkurs. Nur noch im Schneckentempo zu bewältigen, zum Mißvergnügen natürlich der Passanten beiderlei Geschlechts. Per pedes und per Mercedes.
Unter *postscriptum* darf hier vermeldet sein, daß es natürlich auch offiziöse Übergänge durch die Vorhänge gab. Vorbehalten den Promis. Erinnert sei an Walter Felsenstein. Wohnen in Dahlem,

verdienen im anderen Teil. Ich bin nun durchaus nicht immer meiner Meinung, aber den Berliner Möglichkeiten kam man nicht ohne weiteres auf die Spur. Die Förderung juristischer Denkprozesse hat nicht ohne Beteiligung des geheimnisumwitterten Chefs der DDR-Spionage, Seiner Sozialistischen Majestät Markus Wolf, stattgefunden. Anhand seiner akribisch nebulös inszenierten Treffs, quasi als Wolf im Schafspelz, müßte er es genau wissen, wieso die beiden Neulinge im Westen bei Ellen und ihrer Crew landeten. Zufall?

Die schrille Fête im Hauptquartier Grainauer geriet zum Gelage, mit dem diskreten Charme der burschikosen Bourgeoisie. Der süßlich riechende Schadstoffausstoß der Raucher balsamierte mich ein. Im Gewoge der sich verschränkenden Gelüste glaubte ich Michael Stone zu identifizieren, Edelmetall seiner Zunft, Journalist von wundersamem Wert. Nun aber zog der Sog des Strudels sie alle, sie, die hier den Kalten Krieg verheizten, nach unten zur Wirtin Wanda. In der *Kleinen Kombüse* verwandelten die Muntermacher die Nacht zum Tag. Sie wurde hinterher vier Wochen wegen Renovierung geschlossen. Keine *Kombüse*, keine Rezitation. Leerlauf. (Wandas Devise: Lieber arm dran, als Arm ab!)

Warum ich oben blieb, war auch der geballten Energie Ronalds zuzuschreiben. Ronald, nur Ron genannt, Untermieter in der Nebenwohnung auf gleicher Etage, war Musiker, Pianist, Komponist, ohne Job.

Die Sache mit Ron gehört nicht unbedingt hierher, deswegen erzähle ich sie, mit Verlaub.

Im Berliner Zimmer stand ein vergessenes Klavier. Verschlossen. Es sah mich immer waidwund an, wenn ich den Raum durchquerte. Kunststück, Instrumente haben auch eine Seele, sind auf Kommunikation angewiesen. Es fragte nichts, ich sagte nichts, so kamen wir miteinander ins Gespräch. *Andante sostenuto*, eine seltsam monotone Harmonie.

Tags zuvor tauchte Bettina auf, die Eigentümerin. Ihr entwaffnendes Temperament ergab eine neue Tonsprache. Sie war Vormieterin meiner Zimmer, fand in ihrem neuen Domizil keinen Platz fürs Klavier. Wir wurden schnell handelseinig. Die mehr oder weniger symbolische Summe war unanständig gering. Tusch! Und kein Widerspruch. Bettina war von der Sorte Frau, der man gehorcht. Zudem war sie die Tochter des Direktors der *Vaganten Bühne*, Horst Behrend. Der war ein Multitalent, etwa nach der Devise: Iß, trink, sprich – und das alles auf einmal. Sein zweites Quartier belegte er in der Kongreßhalle, das *Theater an der Spree*. Dort sollte ich Jahre darauf einem polnischen Autor, der das KZ Dachau überlebt hatte, zur Erstaufführung seiner Jeanne d'Arc-Tragödie verhelfen.

Bettina übergab mir natürlich auch den Schlüssel. Und den angelte Ron geschickt aus meiner Jackentasche, klappte den Deckel hoch, setzte sich ans Gerät und hörte nicht auf. Er tastete sich an den Tasten durch die Musikgeschichte. Ein Tastenteufel mit genialem Improvisationsvermögen. Wie schrieb Robert Schumann: Genie ist 90% Transpiration, der Rest Inspiration.

Ron war ein großes Talent, beherrschte ein großes Repertoire und wurde von großem Durst beherrscht. Das machte die Sache mit ihm kompliziert.

Wie oft waren wir gemeinsam nachts durch die Anonymität der Stadt geschlichen, wie Detektive auf Spurensuche. Ohne Hans zu finden. Aber bei diesen Aktionen fuhr Ron seine »Ultraschallempfänger« aus, unterstützt vom absoluten Gehör. Mit untrüglichem Instinkt unterschied er Lärmformen aus offenen Fenstern, ortete Familienfeste. Er verschwand, stellte sich als der angeforderte Pianist vor, setzte sich an den Flügel der Vermählten, der Familienväter, der Vereinsvereinigungen und spielte. Retour kam er mit Gewinnzuwachs an Geld und Geschenken, redselig bis zur Fermate. Wir dinierten fürstlich in einem Restaurant von Ruf. Ron und seine Einbrüche, seine Safeknackertour waren ein bißchen riskant und ein bißchen konzertanter Karneval. Bitteschön. Nun hockte der Auserkorene an meinem Klavier. Ein schmales Hemd, hemdsärmelig, hochmotiviert. Ein Ausbund an Reserven. Eine Stellenausschreibung des SFB löste diesen Kraftakt aus. Er war wie besessen. Fiel aber durch. Ron fiel aus der Rolle. Die Jury muß sich bei der Begründung der Ablehnung selbst disqualifiziert haben. Aber nachträglich meine ich, eine Festanstellung beim Sender hätte Ron zu sehr angebunden. Er wäre ausgebrochen.

Er brach dann nach Schweden auf. Wie einst Tucholsky, dessen Texte er so inbrünstig vertonte. Für Ellen schrieb er ein ellenlanges Lied. Ich erinnere mich einer Zeile aus der 9. Strophe: »Verein für Unzucht. Sitz Berlin«.

Und wie Tucholsky kam er nicht zurück. Tucholsky schied 1935 durch Freitod aus dem Leben. Ron wurde, nach Gründung der *Safebreaker*, einer Jazzband, nach fulminanten Erfolgen in Göteborg, Malmö, Stockholm, von einer friedlichen Übernahme heimgeholt. Sein Intimfreund stand Pate, der Alkohol.

Noch nach seinem Ableben kam eines der sogenannten Schwedenpunschpakete bei uns Hinterbliebenen an, mit Beigaben vom Feinsten. Sein Gruß aus dem Jenseits. Ellen trug Schwarz.

Die Courbièrestraße nahm mich auf. Veränderte Adresse mit gleicher Hausnummer, die Elf blieb. Und da ich, wie Bettina, nicht genug Platz im Neubau-Appartement fand, ließ ich das Klavier zurück, als Requiem für Ron.

Unter seinen Hinterlassenschaften fand sich eine bemerkenswerte Komposition, ein *Oratorium für Jella Lepman.* Die jüdische Journalistin hatte 1928 ihr erstes Kinderbuch vorgestellt, *Der verschlafene Sonntag.* 1929 kandidierte sie für eine demokratische Partei in Württemberg für den Reichstag. 1936 emigrierte sie mit ihren zwei Kindern über Florenz nach London. Im Oktober 1945 bestieg sie in amerikanischer Majorsuniform in England ein Militärflugzeug nach Frankfurt am Main. In München traf sie mit Erich Kästner zusammen, dem sie die Idee zur *Konferenz der Tiere* lieferte. 1949 eröffnete diese Pionierin einer »Kinderbuchuniversität« in München die *Internationale Jugendbibliothek.*
Was wir nicht wußten und nun erstaunt erfuhren: Ron war dabei, am Klavier. Und das Foto, das bei den Notenblättern vergilbte, das die Majorin in Uniform zeigte, war Ellen – wie aus dem Gesicht geschnitten, nur eben reifer.
Das war ein steiles Stück Vermächtnis für uns Ahnungslose.

Ein Umzug, ein Auszug hat viele Gründe. Bei mir war es der Wunsch, ein eigenes Telefon zu haben. Also: von der Wohngemeinschaft zur Einzelhaft. Vielleicht hatte ich auch eine Art Idiosynkrasie gegen die oft wechselnde Partnerschaft. Es waren durchaus Verhaltensstörungen im Spiel. Unfähigkeit, Mißtrauen abzubauen. Das Appartement im dritten Stock in der Courbièrestraße fand ich über eine Anzeige. »Naßzelle«, Kochnische, Balkon, Lift und eine Garage im Hof, für meinen höflichen Käfer, in Grün, einem gründlich gebleichten. Im ersten Stock mußten per Preßlufthammer nachträglich Fensteröffnungen in die Mauer geschlagen werden. Daß sie fehlten, war dem Mieter aufgefallen …
Courbièrestraße, Neubeginn. In Lankwitz stand mir bei Dr. Ulrich Conrads ein Gästezimmer zur Verfügung, auf unbestimmte

Zeit. Dr. Conrads war der Friedrich Luft der Architekturkritik beim RIAS. Wir waren alte Brieffreunde. Das Zimmer blieb mir für einen Rückzug aus dem Häusermeer, den Steinmassen, der Potenzierung von Stahl, Beton und Glas erhalten, Bauzäune nicht zu vergessen. So ein Bauzaun wirkte oft wie eine Sichtblende und unterstrich die Hektik der Zerstörung einer (noch) betonfreien, baumbestandenen Fläche.

Courbièrestraße, zwischen Nollendorf- und Wittenbergplatz. Eigentümlich unschlüssiges Ambiente. Ein winziges Stück Straße, Appendix der Eisenacher, Wurmfortsatz zur Sackgasse, uneinheitlich. Altbauten aus der Gründerzeit neben bewohnten, bemoosten Ruinen. Eine leichte Krümmung gab dem Asphalt bei Regen den Schimmer feindlicher Farbe. Max Beckmann hat den Nollendorfplatz mit der Hochbahn im Bild festgehalten. Die U-Bahn wurde bei der Courbière vom Untergrunddasein befreit. Fritz Kortner schrieb darüber. Sein Buch *Aller Tage Abend* ist für Tagträumertouristen ein Berliner Reiseführer. Man fühlt sich beim Wiederlesen dieser gescheiten Analyse wie Sekt in der Cola-Flasche. Wenn Beckmann den Nollendorfplatz auserwählte, dann Kortner auf der Kleiststraße, zwischen Eisenacher und Courbière die Geburt der stählernen Schlange aus dem Vaginaschlund der Erde.

Courbièrestraße mit seltsamen Hunden, die nie bellten. Und hinter vorgehaltener Hand erfuhr ich von den Leinenhaltern, daß im Jugendstilgebäude *vis-à-vis* meinem Neubau noch bis vor wenigen Wochen Madame Tireuse de Cartes ihre Herberge hatte, des untergegangenen Reiches ruhmreiche Wahrsagerin. Frequentiert von den braunen Bonzen zur Nachtzeit, im Schutz zivilen Kostüms. Aberglaube herrschte über Führerkult. Man zahlte schließlich nichts, denn Madame scheute Gewerbesteuer. Man

benutzte die Schublade des Biedermeiersekretärs, Kirschholz, gelackt. Alles in spendabler Verschwiegenheit. Jedenfalls erstand Madame im Grunewald ein Millionenobjekt, mit Boden und Grund. Die bodenständigen Gründer des »Tausendjährigen Reiches« hatten diese Pythia aus Berlin-Delphi reich gemacht. Courbièrestraße, unscheinbar scheinheilig.
Keiner der flüsternden Mitbewohner konnte mir die Herkunft des Straßennamens erklären, als Ersatz weihte man mich Neuling ein in das okkulte tragische Moment der kurzen, kleinen Rue Courbière. Hier soll der blonde Todesengel Zions Versteckte verraten und ausgeliefert haben. Jene junge, schöne Jüdin, die von SS-Spezialisten umgedreht worden war und als Spitzel Dienste leistete. In der Courbière, in den Kellern unter dem *Trocadero*, einem verschwiegenen Lokal, machte der Engel Beute. Zwei Frauen machten also hier Geschäfte. Kassierten ab. Courbière, du avanciertest für mich plötzlich zur Avenue Abart.
Aber ich war Inhaber eines Telefons, Nummer 244891. (Meine Nummer ergab, umgesetzt auf der Tastatur des Klaviers in C-Dur, einen enharmonischen Akkord. War es nicht Kant, der sagte: Musik ist Mathematik?) Dann kam der erste echte Anruf – auf den ich freudig gespannt, auch ein wenig abergläubisch gewartet hatte, und er kam vom Begräbnisinstitut Grieneisen. Sie wollten die Leiche abholen, umgehend, da es kurz vor Geschäftsschluß war. Man ließ mich kaum zu Wort kommen, es dauerte und wurde heftig. Schließlich stellte sich heraus, daß man mir vom Amt die Nummer des Krankenhauses am Barbarossaplatz gegeben hatte, technische Panne. Sie wurde behoben, zunächst. Ich nahm den Leichenruf aufgrund der Mitteilung über die Vorgänge in der Straße, in der ich nun wohnte, als eine Weissagung für ein progressives Leben in Leidenschaft, als Verpflich-

tung. War die Biographie des Daseins mein Ziel? Ich erinnerte mich an einen Ausspruch von Sigmund Freud: »Wer Biograph wird, verpflichtet sich zur Lüge, Heuchelei, zur Verheimlichung, Schönfärberei und selbst zur Verhehlung seines Unverständnisses, denn die biographische Wahrheit ist nicht zu haben, und wenn man sie hätte, wäre sie nicht zu brauchen.«
Das machte mich nachdenklich. Über die Reling, das Gitter des Balkons gebeugt, atmete ich die reine Luft des angebrochenen Nachmittags. Ich konnte in die Einemstraße schauen und sah dort Friedrich Luft in ein Taxi steigen. Seine Frau war eine gute Malerin. Irgendwo weit im Westen hatte ich eine Ausstellung ihrer Bilder gesehen. Niemanden hörte ich je von ihr sprechen. Hingegen redete er jeden Sonntag. Aber war die ungehörte Sprache nicht bedeutsamer? War das Leise, Sanfte, die Poesie der Bilder nicht viel dauernder? Das Taxi fuhr ab. Es klopfte trotz Klingel und Gegensprechanlage an meiner Wohnungstür. Dort hatte ich wirklich einen antiken Klopfer aus der Provence angebracht. Auf dem Flohmarkt hatte ich unter Bergen von Beiläufigem die schmucke handgeschmiedete Arbeit gefunden, einen Türklopfer aus Bronze, einen Löwenkopf mit einem Ring im Rachen. Ich kaufte ihn nach kurzem Feilschen. Und nun besaß ich, lange gewünscht, eine spezifische Visitenkarte. Ich hatte den Kopf an der Tür befestigt. Der Ring im Rachen des Löwen spielte im Mittelalter eine wichtige Rolle im Asylrecht, hatte ich aus einem Gespräch am Nachbartisch in der *Kombüse* gehört. Wer auf der Flucht vor Verfolgern einen solchen Ring berührte, stand in diesem Augenblick unter dem Schutz des Allmächtigen. Benjamin Katz hing jetzt an diesem Ring, grinste. Wir kannten uns flüchtig aus der *Kleinen Kombüse*. Nun hatte er mich ausfindig gemacht, eine Leistung. »Allmächtiger«, sagte ich, »du suchst bei mir

Asyl?« Er nickte, stöhnte, grinste. »Nur bei Herausgabe deiner Bilder«, forderte ich. Benny krächzte mit verstellter Stimme: »Deswegen bin ich hier. Ich will die Blätter unter den Schutz eines Ariers stellen.« Er trat ein, taumelnd, stellte die große Mappe, mit der man ihn überall sah, in den kleinen Flur. Er machte es sich bequem, fühlte sich wohl. Draußen schlug plötzlich Regen klatschend an die große Balkonscheibe. Benny erhob sich und rief freundlich bestimmt: »Bitte, keinen Applaus. Trotzdem Dank.« Seine Bühne, sein Temperament, sein Humor.

Alles was recht ist, Benny ist ein smarter Bursche, schlank, groß, beweglich, perfekte Proportionen, ein Frauenschwarm. Seine Tugend hat eine Dosis Eleganz. Talent, auf Menschen zuzugehen, gewinnend. Er drängt sich nicht auf, ist aber auch kaum abzuschütteln. Sein skurriles Wesen trägt Züge eines Ironikers, eines Kabarettisten.

Im wallonischen Teil Belgiens bei Verwandten aufgewachsen, weil die Eltern in Berlin der Gestapo ins Netz geraten waren, war sein Deutsch umwerfend und unwiderstehlich sein nach Chanel duftendes Französisch. Und er war der Erfinder der »Fliegenden Galerie«. Benny war noch Schüler. Und zwar an der Hochschule der Künste am Steinplatz, eingeschrieben als Studiosus der Fachbereiche Design, Gestaltung, Ästhetik. Mit seiner Mappe trabte er von Tür zu Tür und drapierte an den kahlen Wänden der völlig überrumpelten Wohnungsinhaber seine Erzeugnisse. Viele blieben hängen, für wenig Geld, wobei Benny verlauten ließ, sie seien im Grunde unbezahlbar, wunderbar.

Und so zahlte er seinen Verzehr im *Amigo*, in der *Vollen Pulle*, in der *Paris Bar* mit seiner Hände Arbeit, mal bunt, mal farblos. Auch wohl in Erinnerung an Vorbilder wie Picasso in St. Paul de Vence oder Paul Klee und seinen Zahnarzt bei Basel.

Was begehrte nun sein überfallartiger Besuch? Er machte es spannend, auf Umwegen. Die Story lief so: In Friedenau war ihm ein junges Fernsehteam über den Weg gelaufen, Franzosen, die einen Dokumentarfilm über das demokratische Deutschland drehten. Das Nachkriegsgermany mit dem Berlin der französischen Zone. Das Team hatte das meiste Material schon gespeichert. Als Clou sollte jemand in Westberlin öffentlich NS-Dichtung vortragen, die Reaktion der Zuhörer frisch eingefangen werden. So sollte den Franzosen das Gesicht, das Gedankengut, die spontane Wirklichkeit der Stadt am Eisernen Vorhang sichtbar gemacht werden. Benny hatte nun mich als Rezitator vorgeschlagen. Das hatte ich davon.

Durchaus logisch, für ihn. Außerdem war er von der einzigen Frau im Team der Franzosen begeistert. Ich hingegen war entgeistert. Ging es ihm um dieses junge Geschöpf?

Am Abend erwartete man mich, mit Benny selbstredend, in der *Paris Bar* zu einem Rendezvous. Etwas verhalten sagte ich zu. Wir hatten unseren Tee getrunken. Der Regen wich einer verschleierten Sonne, Benny nahm seine Mappe, versprach mir Wunder und schwebte, noch einmal den provenzalischen Türklopfer betätigend, ins Freie.

Als ich dann die *Paris Bar* in der Kantstraße betrat, fand ich die Stammgäste fast ausnahmslos vor. Da saß, umringt von Dozenten der nahen Hochschule der Künste, der junge, undurchsichtige Rechtsanwalt Otto Schily. Am Nebentisch die gefeierte junge Pianistin Lissa Bauer. Man sagte ihr ein enges Verhältnis zu Otto nach. Etwas entfernt hockte Günter Meisner, der, wie ich von Benny erfuhr, eine Ausstellung mit Bildern von Günter Grass vorbereitete. Ganz links, einsam und sicher auch einsilbig, las Peter Weiß im *Abend*. Fast am Ende der Zielscheibe meiner Fest-

stellungen lehnte sich Henry Miller genüßlich zurück. Zwischen allen wuselte die muntere und vielzitierte »Muschelkalk«, agile Witwe des schon 1934 verblichenen unsterblichen Ringelnatz. Zentral imitierten junge ambitionierte Franzosen die unbegrenzte Freiheit, die darin liegen mochte, daß Rauchen im Nichtraucherabteil erlaubt ist. Ich, gemäßigt Konservativer, hielt das für Anarchie. Otto Schily, der nie eine Skatpartie verlor, winkte mir zu, er hatte gewonnen, hieß das. Ich schritt lächelnd mit einem »bon soir« ins Zentrum. Die junge Frau war wirklich schön. Und wie sich ergab: des Deutschen mächtig. Sie kam aus Rostock. Kleiner Schock. Ich ließ mir nichts anmerken.
Man bestellte für mich eine Portion Zwiebelsuppe – die hat in der *Paris Bar* einen Ruf – mit einem Roten und begrüßte mich. Die Teamgefährten erhoben sich, es wurde angestoßen. Meine Inauguration bei Wein und Zwiebeln. Jessica aus Rostock, ich nannte sie heimlich *die schöne Magelone*, in meiner Phantasie trug sie scharfe Unterwäsche, übernahm das Amt des Dolmetschers.
Kein Zweifel, die Filmemacher waren von mir überzeugt. Von Honorar wurde nicht gesprochen, nicht von vertraglicher Absicherung, nichts Konkretes. Vielleicht ist das so bei den Franzosen, dachte ich. Jessica, auf Tuchfühlung neben mir, mußte es spüren. Es gelang ihr leicht, mir Vertrauen einzuflößen. Die Stimmung war absolut dazu angetan. Ich gab mich hin. Dann gab sie mir, sie mit dem französischen Passeport und dem Lächeln der Mona Lisa, den Text. Eine Broschüre, die Verse der Scharfmacher aus der eben erst versunkenen Epoche enthielt. Keine Verlagsangabe. Die Auswahl war mir überlassen. Ich bekam also einen Freifahrschein für Rezitation und Vortrag. »Übermorgen um elf Uhr vormittags, Drehort Café Kranzler, Kurfürstendamm«, sang Jessica. »Der Wetterbericht verspricht Sonne. Wir brauchen keine

Scheinwerfer. Drehen mit versteckter Kamera, der Ton wird von unseren beiden Technikern eingefangen, später entsprechend herausgefiltert.« Sie rieb zärtlich mein Ohrläppchen. Dennoch war ich nicht ganz überzeugt. »Du springst auf einen freien Stuhl, der im Sonnenlicht steht, und legst los, hemmungslos!« ergänzte Jessica mit blauem Ostseeküstenblick, mediterran eingefärbt. War ich noch Fisch im Wasser oder schon Opfer an der Angel?

Es wurde still. Aller Augen richteten sich auf die offene Eingangstür. Benny stand dort: ein Sunnyboy. In die plötzliche Stille schrie er, den Befehlston der SA imitierend: »Juden raus!«

Beifall. Einzug des Gladiators. Händeschütteln. Die Kellner, bei denen er wie ich ziemlich in der Kreide standen, bemühten sich rührend um ihn. Die Großfamilie war nun ohne verlorenen Sohn. Günter Meisner, der nach Grass Fotos von Bernhard Wicki in seiner Galerie Diogenes zeigen wollte, ergänzte: »Unser Benny – ohne Mappe, ohne Penny!«

Beim späteren Hinausgehen winkte Otto Schily mich kurz zu sich. Er war informiert und sagte mit stoischem Gesicht: „Wenn du Trouble mit der Obrigkeit bekommen solltest, ruf mich an, ich verteidige dich.«

Zum Dank machte ich Lissa am Nebentisch ein Kompliment, ohne Schalldämpfer.

Mit einem bewunderndem Blick streifte ich beim Verlassen des Lokals Henry Miller in seinem akustischen Loch, seiner quasi Berliner Enklave, Steinstücken in der *Paris Bar*.

Aber neben ihm saß jetzt jemand ins Gespräch vertieft, wie ich mir einbildete: der Koloß von Maroussi.

Jessica schob mich mit Goethes Worten: »Man glaubt zu schieben und wird geschoben« – nach draußen. Ich brummte: »Man glaubt zu lieben und wird betrogen . . .« Sie lachte ausgelassen.

Ich gönnte es ihr. Angesichts der Aufgabe, die sie mir angedreht hatte, ließ ich gern andere lachen; in der Hoffnung, daß der, der zuletzt lacht, mit Vergnügen die Medizin gegen die Verunsicherung gefunden hat.

War Jessica eine *femme fatale*? Sie nahm ihre Hände nicht von meinen Hüften. Und so zogen wir in ein Gartenlokal, einen Durchgang entlang der S-Bahn vom Savignyplatz zur Bleibtreustraße, wo im 3. Hinterhof Günters Galerie lag, in der uns nachts einmal Ionescu überfiel. Auch der Architekt der *Gläsernen Kette*, Finsterlin, Freund von Max Taut. Zum Grass kam Willy Brandt mit Frau Rut.

Jeder leere Stuhl des frequentierten Lokals blickte mich auffordernd an. Ich saß neben Jessica und war entfernt, meilenweit. Die Broschüre mit den Gedichten der Baldur von Schirach und Hans Baumann lag vor mir. Worauf hatte ich mich eingelassen?

Benjamin war gegangen. Günter verließ uns. Das Franzosenteam blieb beisammen, fand Berlin exquisit. Wegen einer Schießerei in einem rumänischen Lokal und davor, auf dem Bürgersteig, hieß die Bleibtreu- im Volksmund Bleistreustraße. Jessica übersetzte, die französischen Freunde amüsierte es, sie spielten Räuber und Schander. Schließlich, gegen Mitternacht, fuhren sie mich heim. Ich schob die Broschüre unters Kopfkissen, schlief miserabel.

Und dann kam alles anders. Schon gegen 9 Uhr klingelte es, man holte mich zum Frühstück ab, ins KaDeWe am Wittenbergplatz. Der Drehtag war vorgezogen worden, ohne Begründung. Ich protestierte, erfolglos. Benny Katz riet mir nachzugeben. Er war ein Typ des Ausgleichs. Oder war es wegen Jessica?

Ich zog den kürzeren, saß in der Klemme. Mauersegler schrieben über dem Wittenbergplatz Arabesken in den klaren Himmel. Wie gern wäre ich einer dieser Akrobaten der Ornamente. Über

dem Eldorado der Müßiggänger des Wohlstands, der Kreuzung am Café Kranzler, kreisten Rabenvögel, einfallslos.
Stühle und Tische waren voll besetzt. Touristen aus dem Westen quollen aus den Bussen, Flaneure der Langeweile ließen sich bewundern, Taschendiebe von Format, Händler mit Bauchladen, Zeitschriftenverkäufer, Stehgeiger, Hütchenspieler – die Bühne, die mir gehören sollte, mich erhören sollte, war exquisit eingerichtet. Das weibliche Personal in schmucker Montur zeigte beim Servieren Kurven. Ein Bazar der Eitelkeiten, Fleischmarkt, Kreuzigung an der Kreuzung von Kudamm und Joachimsthaler. Das Team verschwand nach flüchtiger Anweisung, richtete sich irgendwo in unmittelbarer Nähe ein, unsichtbar für Passanten und Kaffeehausgäste, Fußvolk vor den Auslagen im Glanz des Kapitals.
Auf einen Wink von Jessica sollte ich meinen Standpunkt erobern und dann rezitieren. In meinem Programm, ich klammerte mich an mein studiertes Gedächtnis, rangierte der einstige Reichsjugendführer und spätere Gauleiter Wiens, Baldur von Schirach, als Ouvertüre. Seine Führer-Lyrik schien als bizarrer Auftakt geeignet. Ich hatte nur Orangensaft getrunken, keinen Schnaps, und war trotzdem im Ausnahmezustand.
Ich sah Jessicas Arm, das Angriffszeichen, sprang auf einen der weißen Stühle, dachte noch an die Mauersegler vom Wittenbergplatz, zu denen meine Stimme dringen sollte, sah im Geiste Hans aus dem Haus in Kreuzberg treten und lauschen, dem Rauschen lauschen:

Ihr seid viel tausend hinter mir,
Und ihr seid ich, und ich bin ihr.
Ich habe keinen Gedanken gelebt,
Der nicht in eurem Herzen gebebt.

Und forme ich Worte, so weiß ich keins,
Das nicht mit eurem Wollen eins.
Denn ich bin ihr, und ihr seid ich,
Und wir alle, Deutschland, glauben an dich.

Jubel, Zustimmung, Diskussionsfetzen. Die meisten Gäste hatten sich erhoben, umringten meinen Stuhl. Was war das? Ich stieg eine Etage höher, auf den Tisch. Man hatte ihn freigeräumt. Ich wurde per Akklamation zur Deklamation gedrängt. Der zweite NS-Autor auf meiner Liste war ein gewisser Hans Jürgen Nierentz, Direktor des Berliner Fernsehsenders im 3. Reich, nebenher Lyriker des Führergedankens:

Als Deutschland stürzte, waren wir noch Knaben.
Wir waren jung und hatten kein Panier.
Der Sieg lag draußen vor dem Feind begraben.
Deutschland war Nacht, und Deutschland waren wir. //
Wir fielen mit dem Schmerz des jähen Falles,
Wir waren mit zertrümmert und zerschellt,
Und liebten Deutschland, Deutschland über alles,
Und hatten nichts mehr lieber auf der Welt. //
Doch da das Volk, das dämmernde, das fahle,
Noch zagend, zitternd und verwundert geht,
Baun wir der Treue reine Kathedrale,
Die ragend über dem Jahrhundert steht.

Zuhörer drängten beifallspendend um den Tisch. Auf dem Kurfürstendamm stauten sich Autos. Hupenlärm. Ich fand mich eingeschlossen von einer Menge, die nach mehr verlangte. Singen sie gleich die erste Strophe des Deutschlandlieds? War das hier nicht *en miniature* der Aufstieg eines Schicklgruber? Oder nahm man es als gelungene Einlage der Kranzler-Direktion? Die hatte aber wohl die Polizei verständigt. Ehe ich entschied, ob ich noch die

Verse eines Gerhard Schumann rezitieren sollte, waren Sirenen zu hören. Blaulicht, überall Uniformen. Ich wurde vom Tisch gerissen, und die Männer der Schutztruppe führten mich ab. Ihre Fäuste hielten meine Handgelenke fest wie Schraubstöcke. Die aufgewühlte Menge forderte meine Freilassung. Mein innerer Zustand schwankte zwischen Trance und Wachtraum. Die Polizisten bezichtigten mich der Volksverhetzung. Sie mußten sich allerdings gegen Fotografen, Beleidigungen, Rempeleien wehren. Wo war Jessica? Die Polizisten steuerten mit mir aus dem Knäuel auf einen Mannschaftswagen am Straßenrand zu. Mein Hirn meldete, daß ich keinen Ausweis bei mir trug. Wo war Jessica? Im Gewühl vor dem Polizeiwagen, umringt von zornigen Kranzler-Gästen, vermischt mit herbeigeeilten Neugierigen, erschien wie im Märchen der Mann, der gestern neben Henry Miller in der *Paris Bar* gesessen hatte. Jener Koloß von Maroussi – jetzt

Aufstieg eines Schicklgrubers?

aber verwandelt in einen Michelangelo-Moses. Er sprach mit einem der Einsatzleiter des Kommandos, das mich sozusagen entsorgen sollte, und erreichte durch einen Befehl »von oben«, daß die Aktion abgebrochen wurde. Ich wurde nach eindringlicher Ermahnung, nach Androhung polizeilicher Gewalt bei nochmaliger Störung der zivilen Ordnung freigelassen. Das Ganze war an Absurdität kaum zu überbieten.

Man beglückwünschte, umringte mich wie einen Champion, während die Hüter von Recht und Ordnung verwünscht und verhöhnt wurden. Bei dieser Unübersichtlichkeit verlor ich meinen Michelangelo-Moses aus den Augen. Wo waren meine Auftraggeber? Ich versuchte, mich zu reorganisieren, die Nebelfetzen aus dem Kopf zu verscheuchen. Wo war Jessica?. Ich irrte auf der Stelle umher. Wo war das Team? Der Kameramann, die Tontechniker, der Regisseur? Wo? Man bat mich zum zweiten Frühstück, das Publikum gab mir Einladungen. Sie baten mich um weitere Gedichte. Kudamm und Joachimsthaler waren wieder im Normalzustand, als wäre nichts gewesen. Kreuzung frei, Himmel frei, mein Kopf freilich nicht.

Benjamin tauchte auf, umarmte mich. Er war voll des Lobes, wie narkotisiert. »Alles im Kasten, alles einmalig. Der grandiose Erfolg wird am Abend gefeiert, im *Maître*, erstklassige französische Küche, Tische sind bestellt, Meinekestraße, 20 Uhr. Von allen Grüße und Küsse, leider haben sie noch drei wichtige Einstellungen im Wedding, und die Zeit drängt, leider. Jessica freut sich extraordinär, dich wiederzusehen, heute abend ...«

Ich sagte nichts. »Gehen wir nach Hause. Ruh dich aus«, meinte Benny. Wir schlichen uns davon. Unterwegs fragte ich nach diesem Typ, diesem Maroussi-Moses. Benny tat entsetzt. »Das ist eine Sünde, mein Lieber!« rief er und verhielt den Schritt. »Ein großer Freund Henry Millers, ein, wie sagt man, hilf mir . . . das ist eine Inkarnation dieser Renaissance-Universaltypen mit der kompromißlosen Energie zu helfen, zu retten mit allen Tricks und Täuschungen und die dabei noch ein kindlich reines, naives Gemüt bewahren . . .«

Benny atmete durch. »Wie war ich?« fragte er.

»Wie er heißt, will ich hören«, grunzte ich.

»Das müßtest du nach der Beschreibung aber wissen können.«

»Du hast den Papst beschrieben!«

»Ausgerechnet ich, als Behälter der Bundeslade . . . Käptn Bilbo, mon chèr, wiederhole gefälligst.«

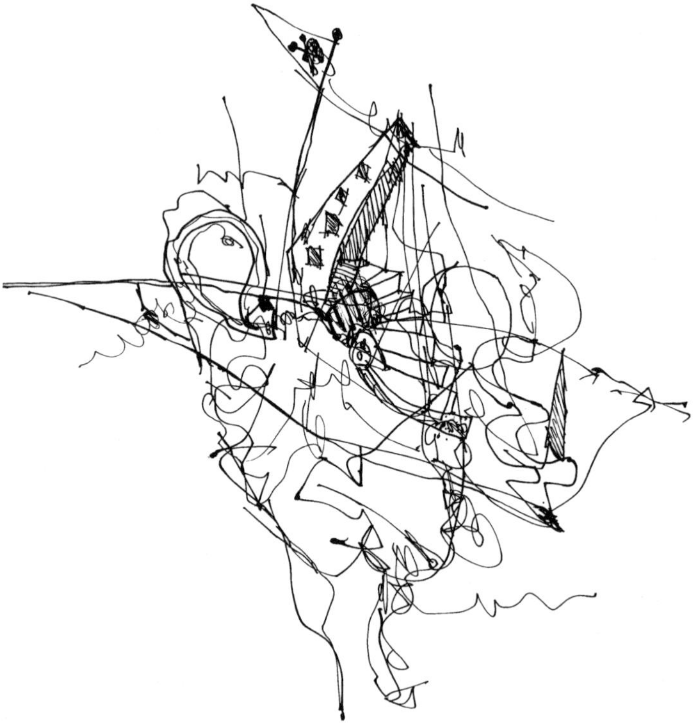

Käptn Bilbo kehrt heim.

»Wir gehen jetzt zu Diamant und Feuerstein, dem Ledermodenladen Kant-/Ecke Fasanenstraße. Klar? Ich will heute abend bei dem Getafel und Geschwafel in einem neuen Dress erscheinen. Modische Zwangsjacke aus russischem Leder, liegt in der Auslage des Fasanenfensters. Das brauche ich zur moralischen Aufrüstung.«
Die beiden osteuropäischen Inhaber hatten wirklich Spitzenqualität. Ich fand das passende Stück, Benny handelte den Preis auf die Hälfte herunter. Die Inhaber machten mir den Hof, riefen die Belegschaft. Die war eingestimmt zustimmend. Fast schon ein Jubelchor. Ich fand mich vor dem riesigen Spiegel beeindruckend chic – und dachte an Jessica.
Ich hatte *kein Geld bei mir* – ohne Zögern überließ man mir das gute Stück auf Treu und Glauben. Noch Monate später bekam ich Kaffee und Kekse serviert, wenn ich zur Abzahlung auftauchte, und die Beschäftigten intonierten eine smarte Huldigungshymne. So erzieht man seine Stammkundschaft, dachte ich gerührt. Und nie ging man ohne Handschlag davon, ob mit oder ohne Ware. Nichts davon beim Lokal der Superlative *Maître*. Benny und ich wurden bitter versetzt, bitter verletzt. Versteinert standen wir im Wind, suchten nach einer Erklärung. Niemand von den französischen Freunden verlief sich in die Meinekestraße. Eine kalte Dusche.
Schweigend gingen wir davon, schleppten unsere Verständnislosigkeit durch den belebten Sommerabend. Saßen nach einer halben Stunde in Käptn Bilbos *Hafenspelunke*, einer kuscheligen Kaschemme. Mein Moses-Michelangelo mit dem merkwürdigen bunten Beutel am Hosenbund hockte mir gegenüber am Tisch, Benny abseits an der Theke. Der etwas strengen Partnerin des Käptn schien unser Besuch eher verdächtig.

»Ich war auf dem Weg zu Henry Miller, der in einem Restaurant bei der Gedächtniskirche auf mich wartete, um dann gemeinsam einen Bummel durch Ostberlin zu machen. So kam ich vorbei bei deiner Verhaftung. Zufällig ist der Oberindianer der grünen Greifer häufig als Gast bei mir. Ich habe für dich gebürgt. Junge, die haben dich ganz schön ausgebeutet, reingelegt. Du hast weder Adresse, Autonummer, Namen. Die machen mit dem Filmmaterial, was sie wollen. Nicht auszuschließen, daß die die Sache politisch mißbrauchen.«
Ich saß stumm da, in meiner neuen Lederjacke, irgendwie ergriffen, schlürfte ein Bier, gedankenverloren. Aus dem Radio tönte *Carmen.*
»Übrigens, dein Freund Hans malt in Spanien eine Villa aus.«
Ich sah den Hünen Bilbo an. Ein Engel flog vorbei.
Bilbo, der eigentlich Hugo Baruch hieß, erhob sich. Er, der aus dem Verwandtschaftskreis des Philosophen Baruch Spinoza stammte, wie er behauptete, kam auf mich zu, legte seine Hand auf meine Schulter. Jene Hand, die er gegen General Franco erhoben hatte, die die Nazis in Berlin das Fürchten lehrte, die einen 800 Tonnen-Frachter mehr als ein Dutzendmal durch die Blokkade der Großmächte gegen das republikanische Spanien erfolgreich gesteuert hatte, diese Hand ließ mich hoffen. Für mich war sie in diesem Moment Teil einer hebräischen Ikone.
Was blieb uns, zwischen uns, in dieser Stadt und ihrem Ausgeliefertsein an Blockaden, Gebete, Strangulierung. Das wäre die Fortsetzung der Geschichte. Seit jenem Tage jedenfalls hatte ich das deutliche, untrügliche Gefühl, daß mein Telefon überwacht wurde.
Amen. Sela.

Satz und Lithos durch Werner Schwartz
(Schwartz & Schwartz Agentur) in Berlin-Kreuzberg.
Druck bei Offset Druck Pohland in Augsburg

»Der Tunnel über der Mauer«

– nach wie vor der Ort des kleinen literarischen Ost-West-Grenzverkehrs, Umschlagplatz von »Contrebande« für strichlustige Leser (abseits jeder »Linie«):

Victor Auburtin *Durchschnitt durch Potsdam* oder Lob der Langsamkeit
Geschichten vom Déjà vu, herausgegeben von Peter Moses-Krause.
Mit Photographien von Fritz Eschen. Engl. Br., € 8.40 ISBN 3931109089
Feuilletons aus dem «Berliner Tageblatt» 1911–1922: Potsdam mit seinen Widersprüchen als europäischer Geisteszustand ...

Franz Joachim Behnisch *Eislauf* 19 Kapitel aus dem versunkenen Vineta
Roman. Herausgegeben von E. Dimpfl. Engl. Br., € 15.- ISBN 3921810442
Die kleine und die große Zeit der Generation um 1933; die Topographie einer Berliner Kindheit.

Heinz Knobloch *Schlemihls Garten* Geschichten im Schatten der Mauer
Mit Zeichnungen von Wolfgang Würfel. Herausgegeben von Peter Moses-Krause.
Engl. Br., € 13.40 ISBN 3921810779
Feuilletons von der Seite 22 der »Wochenpost« aus 20 Jahren: Kalendergeschichten über die politischen Jahreszeiten der DDR im Schatten der Mauer.

Ingrid Mylo *Das Treppenhaus* und andere Landschaften
Mit einem Nachwort von Felix Hofmann. Engl. Br., € 9.90 ISBN 3931109291
Von obskuren Lebensformen, verschollenen und überlebenden, und Idyllen mit doppeltem Boden.

Gerhard Wolf *Beschreibung eines Zimmers* 15 Kapitel über Johannes Bobrowski. Mit Fotografien von Roger Melis. Engl. Br., € 14.90 ISBN 3921810906
Die Hommage an das ost-westliche »Genie der Freundschaft« und seine »brüderliche« Dichtung hat einen genauen biographischen Ort: Bobrowskis Arbeitszimmer in der Ahornallee 26 in Berlin-Friedrichshagen.

Christine Wolter *Die Zimmer der Erinnerung* Roman einer Auflösung
Geb. € 17.- ISBN 3931109054
Der Tod der Mutter im Ost-Berliner Bezirk Köpenik - Anlaß, sich auseinanderzusetzen mit Intimem, Zeitgeschichte und Mythos gewordener Vorgeschichte, die sich an Möbeln, Alltagsgegenständen, in Büchern und Bildern niederschlagen.

Christine Wolter *Das Herz, diese rastlose Zuneigungs- und Abneigungsmaschine* Roman einer deutschen Trennung
Geb. € 19.- ISBN 3931109259
Am Anfang, 1930, der Bahnhof Berlin-Friedrichstraße: später Sinnbild von Abriß, Umbau, Grenze und Übergang.